Dr PERON-AUTRET

# LES ENTERRÉS VIVANTS

BALLAND

CHAPITRE I

# *D'entre les morts...*

« ... A la suite de fatigues longtemps soutenues, je fus atteint d'une fièvre nerveuse qui épuisa rapidement le reste de mes forces. Chose étrange ! Il me semblait que la vie, qui abandonnait peu à peu mon corps, se réfugiait toute entière dans mes facultés morales. Réduit au dernier degré de l'atonie physique, jamais je n'avais éprouvé plus de force ou même d'exaltation morale.

Le moment de la crise définitive arriva : je me sentis comme emporté dans un tourbillon lumineux au milieu duquel flottaient les figures les plus fantastiques, tandis que mon corps était agité de frissonnements couvulsifs et que retentissaient à mes oreilles les éclats et les sifflements d'une affreuse tempête.

Je me cramponnai de toutes mes forces à la vie qui paraissait vouloir m'échapper, lorsque enfin mes sensations devinrent si confuses, que je m'abandonnai malgré moi à cet état qui n'était pas sans quelque douceur, et je perdis bientôt tout sentiment de l'existence.

Je ne sais combien de temps je restais ainsi, quand tout à coup je me réveillai dans un calme presque extatique : mon corps était parcouru par une foule de sentations voluptueuses et mes sens, ainsi que mon intelligence, m'étaient complètement rendus...

En ce moment le médecin, s'étant approché de mon lit, laissa échapper ces mots : « Tout est fini ! »

Puis il recouvrit ma figure d'un drap, et mes oreilles furent frappées par les sanglots de ma famille éplorée.

Alors je voulus parler, faire un mouvement. Je sentis avec horreur que ma langue était fixée à mon palais et que mes membres, qui percevaient le contact des couvertures qui m'enveloppaient, enlacés par d'invisibles liens, se refusaient à exécuter le moindre mouvement.

Dès le lendemain et durant trois jours, je restai exposé pendant que les amis de la famille venaient faire leur visite de condoléance. J'entendais et je comprenais tout ce qui se passait autour de moi et, de minute en minute, j'espérais vainement que le charme fatal qui pesait sur moi allait être brisé.

Le matin du quatrième jour, je fus remis aux mains des ensevelisseurs qui me traitèrent avec la plus révoltante brutalité ; et lorsque l'un d'eux, pour me faire entrer dans une bière trop étroite, pressa de son genou ma poitrine, j'éprouvai une si cruelle torture que j'eus l'espoir un instant que la possibilité d'exprimer ma souffrance allait m'être rendue.

Il me fallut encore y renoncer. La bière fut recouverte et j'entendis bientôt le grincement des clous qui s'enfonçaient lentement dans le bois. Il me serait impossible de trouver les termes pour exprimer ce que mon âme contenait alors de terreur et de désespoir. Chaque coup de marteau vibrait douloureusement dans ma tête comme un glas funèbre m'annonçant le destin qui m'était réservé.

Encore si j'avais pu crier, si, même sans espoir d'être entendu, j'avais pu pousser quelques gémissements !... Mais non ! Tandis que ma poitrine et mes épaules étaient écrasées dans un espace étroit, tandis que je sentais ma tête et mes membres meurtris et déchirés par le dur contact et par les aspérités de la bière, il me fallait rester immobile et sans voix. Je n'aurais jamais cru que, sans se briser, un cœur pût être labouré par d'aussi épouvantables angoisses.

Bientôt on me souleva, on me déposa sur le char funèbre qui se mit en route et on arriva au cimetière. A ce moment, je voulus tenter un dernier effort mais ce fut toujours en vain. Je me sentis balancer au-dessus de la tombe qui allait m'engloutir et tandis qu'on me descendait lentement, je distinguais le bruit que faisait le cercueil en froissant les quatre murailles de terre. Quand je fus parvenu au fond de la fosse, j'entendis le voix grave et solennelle d'un ami. Il m'adressait un tendre adieu qui parvint jusqu'à moi comme un dernier écho des bruits de la terre. Et bientôt un fracas épouvantable, qui s'éteignit peu à peu comme des roulements lointains de tonnerre, m'annonça que ma tombe venait d'être comblée.

Tout était donc fini ! J'étais pour jamais séparé des vivants. Comment ne suis-je pas mort en cet instant terrible ?...

Je ne sais combien de longues heures je restai ainsi. J'avais espéré que mes angoisses seraient brèves et qu'une prompte asphyxie éteindrait, et mes sensations, et mon existence.

Je m'étais encore trompé. Je ne pouvais faire aucun mouvement, mon cœur ne battait plus, ma poitrine n'était soulevée par aucune inspiration et pourtant je vivais ! car je souffrais ! Je vivais ! Mon intelligence et ma mémoire n'avaient rien perdu de leur énergie...

Cependant, mes tristes pensées furent interrompues par un bruit lointain qui d'abord me plongea dans une grande anxiété. Le bruit se rapprocha insensiblement et je sentis mon cercueil arraché des entrailles de la terre. On l'ouvrit et je perçus l'impression d'un froid pénétrant ; impression qui me parut pourtant délicieuse, illimitée qu'elle était par un rayon d'espérance.

On me transporta longtemps puis on me laissa tomber lourdement sur un marbre humide et glacé.

J'entendis autour de moi une multitude de voix. Des mains me palpaient en tous sens, et un de mes yeux ayant été ouvert par hasard, je me vis au milieu d'un amphithéâtre de dissection et entouré d'un grand nombre de jeunes gens, parmi lesquels je reconnus deux de mes anciens compagnons de plaisir.

Je ne saurais dire si, en cet instant, la terreur l'emportait en moi sur la joie. Certes ma situation était devenue moins cruelle car il pouvait se faire que les expériences auxquelles on allait me soumettre me rendissent à la vie ou du moins me donnent promptement la mort.

On résolut d'abord de me soumettre à un courant électrique. L'appareil fut préparé et à la première décharge de fluide, mille éclairs jaillirent devant mes yeux et une commotion terrible ébranla tout mon être. Une seconde décharge fut plus énergique encore ; je sentis tous mes nerfs vibrer comme des cordes d'une harpe et mon corps se dresser sur son séant, les muscles contractés, les yeux ouverts et fixes.

J'aperçus en face de moi deux amis dont les traits exprimaient l'émotion de la douleur et ils demandèrent avec insistance que l'on mît fin à ces hideuses expériences.

On m'étendit sur la table de marbre. Le professeur

s'approcha de moi, le couteau à la main et me pratiqua une légère incision sur les téguments de la poitrine...

Au même moment une révolution épouvantable s'opéra dans tout mon corps, je parvins à pousser un cri terrible en même temps que les assistants laissaient échapper des cris d'horreur.

Les liens de la mort étaient brisés : j'étais rendu à la Vie !... »

Ce témoignage bouleversant fut publié en 1824 à Londres dans une revue scientifique. Ce texte autobiographique décrit minutieusement les sensations éprouvées au cours d'un état de catalepsie. On peut noter que les sensations évoquées par le narrateur, un certain John Mac Inthyre, rappellent celles que nous sentons parfois au cours d'un rêve où nous tentons de nous débattre et de fuir un danger sans pouvoir bouger d'un millimètre : menacé de mort, en proie à la plus vive angoisse, essayant de courir, nous ne pouvons déplacer un membre tant il est pesant à se mouvoir.

Ce type de rêve s'apparente à l'état cataleptique, parfois chez certains sujets sensibilisés, c'est-à-dire particulièrement suggestibles et qui ont une structure appropriée, par l'hypnose qui reproduit une certaine forme du sommeil. On notera aussi que les abandons d'urine et de matière fécale par les cadavres, même répétés, ne devaient pas surprendre à l'époque car

John Mac Inthyre est resté plusieurs jours dans cet état, néanmoins, il a certainement uriné et certainement déféqué. Il est vraisemblable qu'aujourd'hui, de telles manifestations chez un cataleptique rigide, polarisé, froid, sans battements cardiaques, intrigueraient tout de même, et même un profane !!

Ce « fait divers » souleva en son temps une très vive émotion. Les autorités, sensibilisées davantage par la mise au grand jour d'un trafic de cadavres, que par le diagnostic d'une mort erronée, décidèrent de mettre en faction des gardes dans les cimetières pour assurer la protection des nouveaux inhumés.

*Morts deux fois*

A la fin du XIXe siècle, J.C. Ouseley publia une statistique qui évalue à 2700 par an le nombre des « enterrés vivants » en Angleterre et au Pays de Galles.

Sur le plan mondial, combien de personnes sont mortes, et meurent effectivement non pas avant mais après leur mise en terre ? Pour en avoir une idée, même vague, il faudrait effectuer des vérifications systématiques dans tous les cimetières du monde... Si la concession est perpétuelle — à moins qu'il s'agisse de cimetières considérés comme monuments historiques ou classés comme tels —, l'emplacement est libéré en général tous les soixante-quinze ans. Mais on peut présumer que les fossoyeurs chargés d'un tel travail n'attachent pas une importance particulière aux secrets des tombes, sinon les chroniqueurs d'hier et les journalistes d'aujourd'hui auraient pu et pourraient très certainement signaler d'innombrables cas, semblables à ceux qui suivent et que nous avons choisis parmi les plus impressionnants.

Au XVIIe siècle, lors de l'exhumation d'un étudiant enseveli cent ans plus tôt, dans le cimetière de Saint-Sulpice, on s'aperçut qu'il avait dévoré son bras au cours de son agonie, survenue après la mise en bière. L'affaire connut un grand retentissement du fait d'un détail anecdotique. Un étrange signe extérieur avait trahi le drame souterrain : le bras de pierre du gisant sculpté sur la tombe qui représentait le défunt sous terre s'était cassé !

En 1819, le baron Horntein tomba en léthargie. On le crut mort. On organisa ses funérailles puis on l'ensevelit dans le caveau de sa famille. La léthargie cessa. Le baron reprit ses forces et parvint à soulever le couvercle de son cercueil métallique. Après de vains efforts pour sortir du caveau scellé, un caveau grand comme une pièce d'environ quarante mètres carrés où il pouvait bouger, crier, et où se trouvaient déposés d'autres cercueils des membres de sa famille depuis des siècles, il mit fin à son supplice en se brisant la tête contre les murs du mausolée. Deux jours après l'enterrement, des ouvriers entrèrent dans le tombeau et découvrirent près de la porte le cadavre ensanglanté. Dans son affreuse situation, le baron avait perdu la raison et s'était suicidé. S'il avait fait preuve d'un peu de patience, il eût certainement pu survivre plus longtemps et se trouver sauvé.

En rapportant cette histoire, le *Journal Général* du 11 janvier 1819 et la *Quotidienne* du 13 janvier la commentaient ainsi : « ...Ce déplorable événement a plongé dans la douleur la famille royale et tous ceux qui connaissaient le baron... »

En 1856, la sépulture d'un homme fut ouverte après que l'on ait entendu frapper des coups ; mais il avait fallu attendre si longtemps l'autorisation du prêtre et de la police qu'au moment où les sauveteurs atteignirent le cercueil, son occupant avait vraiment trépassé. (La preuve de l'enterrement prématuré résulta du constat des blessures que la victime du diagnostic de mort erroné s'était infligée elle-même en se mordant les épaules et les bras).

En 1893, une jeune femme « décédée » dans les derniers temps de sa grossesse fut exhumée après que certaines personnes eurent rapporté avoir entendu des bruits provenant de la tombe. Le cercueil était plein de sang : dans sa lutte désespérée pour se libérer, la jeune femme avait accouché et son bébé avait comme elle succombé à l'asphyxie.

Toujours en France mais dans la deuxième moitié du XIX^e siècle, J.A. Thouret exigea, dans ses dispositions testamentaires, des précautions particulières pour ne pas courir le risque d'être enterré vivant : chargé en 1841 de présider aux exhumations du cimetière des Innocents, il avait été traumatisé de voir « un assez grand nombre de cadavres et d'ossements dont la position indiquait que ces malheureux enterrés trop précipitamment étaient revenus à la vie ».

Bien plus près de nous, en 1962, la presse a relaté un drame épouvantable. Au cours d'une exhumation à Amiens, on constata qu'une femme du troisième âge avait été enterrée vive : les revêtements de zinc intérieurs du cercueil avaient été griffés, le linceul déchiré... Et avant de mourir asphyxiée, la malheureuse s'était cassée tous les ongles à tenter de sortir de son cercueil.

Quant à l'étranger, là encore un livre entier ne suffirait pas à citer la totalité des cas tragiques découverts au cours des trois derniers siècles. Il suffit pour apprécier la gravité du problème de s'appuyer sur un communiqué des autorités militaires américaines. Lors du transfert aux États-Unis des cimetières de soldats américains au Viêt-Nam (et antérieurement des soldats morts en France en 1944), les cercueils avaient été ouverts systématiquement : dans 4 % des cas, on avait constaté des altérations et des déplacements éloquents : poignets rongés, squelettes retournés, etc.

Le docteur Louis, secrétaire de l'Académie Royale de Chirurgie au XVIIIe siècle, citait parmi d'autres exemples, destinés à attirer l'attention des médecins sur leur devoir, de ne jamais conclure trop hâtivement à la mort, ce cas particulièrement révélateur : « Au mois de février 1746, une fille de la campagne, d'un tempérament très vigoureux, âgée d'environ vingt-cinq ans, partit à pied de l'Hôtel-Dieu de Paris où elle avait accouché la sur-veille, et vint à la Salpêtrière. Elle avait craint d'être attaquée d'une maladie qui régnait alors à l'Hôtel-Dieu sur les femmes en couches, et qui en fit périr plusieurs.

La fatigue du chemin mit cette personne dans un état d'épuisement qui la fit tomber en syncope dès qu'elle fut arrivée et mise au lit. On la réchauffa extérieurement avec des serviettes chaudes et on parvint par quelques cordiaux à la faire revenir de sa faiblesse. Au bout d'une heure, elle retomba dans le même état et on la crut morte ; la sœur du dortoir m'envoya dire qu'il y avait dans son emploi un sujet dont je pouvais disposer pour mes leçons d'anatomie et de chirurgie. Mes élèves ne manquèrent point d'enlever ce sujet qui, enveloppé d'un drap simple, avait déjà passé deux heures dans une cour, exposé sur un brancard aux injures de la saison. Ils transportèrent ce corps dans l'amphithéâtre sans l'examiner. Le lendemain matin, avant la visite des malades, un jeune chirurgien me dit qu'il avait entendu des sons plaintifs dans l'amphithéâtre, comme si quelqu'un eût poussé des sanglots et des profonds soupirs, et que la frayeur l'avait empêché de se lever et de venir m'en avertir. J'allai promptement examiner le sujet : je vis avec douleur que cette pauvre fille, qui était alors véritablement morte, avait fait des efforts pour se débarrasser du drap qui l'enveloppait. Elle avait une jambe par terre hors du brancard et un bras appuyé sur la barre du tréteau d'une table à disséquer, à côté de laquelle le brancard était posé. Je me rappelle ici les sentiments d'horreur et de compassion dont je fus agité dans cet instant : je doute qu'il y ait un spectacle plus triste et plus touchant que celui-là. »

## CHAPITRE II

# *Qu'est-ce que la mort ?*

Aussi consciencieux et méticuleux qu'il puisse être, lorsque le médecin est appelé pour établir un certificat de décès, il se trouve presque toujours dans l'impossibilité de se prononcer sans risquer de commettre une erreur grave de « diagnostic », mais il n'en a pas toujours conscience dans la pratique médicale courante, puisque c'est à l'homme de l'art que l'on demande de constater le décès, la présomption de mort est établie en fonction de règles humaines qui ont varié dans le temps, chaque siècle, pour ne pas dire chaque décennie, ayant invalidé les signes qui servaient auparavant à établir la certitude de la mort. Ainsi peut-on se demander si chaque fois que l'on a changé les règles qui permettaient de garantir que tel ou tel individu était bien mort, ses prédécesseurs dans la tombe l'étaient vraiment !

Aujourd'hui, rien n'est changé dans cette incertitude, encore que dans des services hospitaliers très spécialisés et notamment dans les services de réanimation, une haute technologie permette de délimiter les différents paramètres qui concourent à affirmer avec plus de sûreté que la vie a vraiment quitté le corps. On ne garde plus, il est vrai, auprès de l'agonisant, comme on le faisait autrefois, les vieilles qui guettaient l'instant fatidique où un petit souffle frais viendrait caresser le visage des assistants et où, selon certains témoins, une mouche quittant les narines de l'agonisant s'envolerait vers la fenêtre, une araignée sortant de sa bouche partirait en courant, témoignage de la pérennité de la vie, certitude que la vie continuait dans la vie et peut-être même après la vie, ce qui faisait que l'on devait toujours ouvrir les issues de la demeure du défunt pour permettre à l'âme de s'envoler vers une « autre existence ».

Selon Hippocrate, que l'on a voulu considérer, souvent à tort d'ailleurs, comme étant le père de la médecine occidentale*, le diagnostic de la mort peut être affirmé devant un visage exsangue aux yeux encavés, aux joues affaissées, creusées, inertes, raides de la raideur cadavérique, et l'on peut affirmer qu'aujourd'hui beaucoup de gens profanes admettraient que de tels signes certifient que le grand passage a eu

* C'est plutôt l'Arabe Naïmomide.

lieu. Pourtant l'expérience médicale démontre que pareils symptômes ne sont pas toujours signes de mort vraie, de mort réelle et témoignent dans quelques cas seulement d'une mort apparente.

Au XIXe siècle, dans un compte rendu d'une séance à l'Académie de médecine, le 25 mars 1851, la *Gazette médicale* de Paris signalait un cas précis de mort apparente affirmée à tort sur les signes « hippocratiques » énumérés plus haut : il avait été admis qu'à la suite d'accidents variés, hémoptysies, syncopes et spasmes « consécutifs à la suppression du flux menstruel », une jeune femme était morte. Notons au passage l'importance que revêt la disparition des évacuations dans le pronostic vital, notamment celle du flux menstruel. Ce fait fut très vraisemblablement à l'origine de la saignée que l'on pourrait dire « compensatoire ». Cette jeune femme jugée morte par son entourage fit l'objet d'un examen médical, plusieurs heures après les apparences du décès présumé. Le docteur Girbal, chef de la clinique médicale de la Faculté de Médecine de Montpellier constata la flaccidité des globes oculaires ramollis, la pâleur et l'affaissement des joues. Il les consigna comme signes de mort et présenta de l'ammoniaque sous le nez de la femme, lui fit faire des frictions alcoolisées et lui appliqua un large cataplasme à base de moutarde sur le cœur. Ainsi tentait-on de réveiller les morts en ces temps !

Mais il n'y eut aucune réaction. Le médecin conclut donc avec certitude à l'état cadavérique. Une heure plus tard, tandis qu'il rédigeait l'acte de décès, un « miracle » se produisit : la jeune femme bougea, éternua, toussa et, sans revenir à la vie, témoigna néanmoins qu'elle n'en était pas sortie. Elle survécut à cet état de déshydratation intense qui est notre explication moderne à l'affaissement des globes oculaires.

Il est vraisemblable que l'abolition du flux menstruel, concordant sans doute avec une dysenterie aiguë, a pu inciter les médecins à de multiples saignées afin de rétablir les évacuations humorale, « le sang génital ne circulant point, il est nécessaire de saigner à distance ». Cette ponction de la masse sanguine avait produit une déshydratation telle que la jeune femme, dans un état de coma polarisé avancé, présentait tous les signes requis au constat de décès : globes oculaires mous, peau sèche et plissée comme on en voit chez les nourrissons déshydratés, apparence de cadavre parcheminé, bref tous les signes de la mort.

Dans son numéro du 13 décembre 1978, un hebdomadaire parisien a évoqué aussi le problème de la mort apparente. L'article fait allusion aux interventions du docteur Huet qui « s'indignait du nombre de personnes enterrées vivantes dans le seul département de la Seine », en citant cette boutade attribuée à M. Henri Vergnolle : « Ne pourrait-on pas inviter les croque-morts à remplir l'office pour lequel ils ont été créés, c'est-à-dire mordre le gros orteil du défunt pour s'assurer qu'il est bien trépassé. »

Ainsi, des siècles durant, a-t-on considéré que l'insensibilité totale était une preuve de mort, et cela malgré la fréquence de ce symptôme chez les vivants. Au Moyen Age, on admettait que l'absence de sensibilité d'un corps abandonné à lui-même certifiait la mort. Mais d'aucuns s'en méfiaient. Nous relevons notamment qu'en 1696, dans ses dispositions testamentaires, Elisabeth d'Orléans ordonnait « que l'on me donne, devant, deux coups de rasoir sous la plante des pieds... » Et en 1790 encore, cette pratique était tant répandue qu'une bourgeoisie de Saint-Germain-en-Laye exigeait : « Je veux que mon corps reste dans mon lit au même état où il se trouvera à l'instant de la mort pendant vingt-quatre heures et qu'après ce temps il me soit donné des coups de lancette au talon... L'insensibilité totale n'est plus aujourd'hui le signe de la mort. Même devant l'inertie du corps, les appareillages modernes permettent de déceler le signe de la vie circulatoire et de la vie électrique globale de l'organisme. Pour la vie électrique, chacun d'entre nous a pu la voir s'incrire sur un diagramme ou papier, ce que l'on appelle électro-cardiogramme ou électro-encéphalogramme, par exemple. Ces inscriptions sont des variations de potentiel de nos propres courants électriques, ceux que nous émettons, ceux de notre rayonnement électro-magnétique personnel. On pourrait d'ailleurs, pour affirmer que l'insensibilité n'est pas le signe de la mort ni de ses prémices, évoquer les exhibitions des fakirs, les mortifications des derviches. Ils peuvent, et nous nous référons ici à un article scientifique publié dans une revue médicale*, « au terme d'incantations et de pratiques de suggestions collectives et rituelles, mâcher et avaler des cailloux chauffés à blanc, se les poser sur le crâne où ils font flamber cheveux et cuir chevelu, casser des tessons de bouteilles et les avaler, se transpercer la peau des bras, des joues, du ventre et des cuisses avec des tisonniers chauffés au rouge, marcher sur des braises et, pour les grands initiés, se traverser l'abdomen de part en part avec des sabres et des lances, vraisemblablement avec une bonne connaissance de l'anatomie puisqu'ils évitent les carrefours de vaisseaux essentiels. Ils se cassent aussi brutalement des bouteilles sur la tête et en avalent les morceaux qu'ils rejettent d'ailleurs sous forme de gros fragments et apparemment sans dégâts intestinaux. »

Cela pose un problème : si l'état de catalepsie dont on peut aujourd'hui approcher l'explication scientifique à travers la notion d'endorphines et d'enkephali-

* Revue de l'AGMF.

nes, ou substances anesthésiantes de sécrétions endogènes, c'est-à-dire sécrétées par nos propres cellules sous des impulsions sensitives excitantes comme l'acupuncture ou même peut-être sous l'influence de la prière (endorphines et enkephalines qui ont un rôle analogue à celui de la morphine, c'est-à-dire d'anesthésiants profonds, mais sont quarante-huit fois plus puissants que celle-ci*), il est en revanche difficile d'expliquer comment ces sujets peuvent avaler des pierres chauffées à blanc sans lésions monstrueuses de l'œsophage et du tube digestif, ou encore des gros morceaux de tessons de bouteilles, et les rejeter apparemment sans dégâts majeurs. Là interviennent peut-être des processus de conditionnement à l'aide de drogues que nous ne connaissons guère et qui sont peut-être aussi endogènes.

Il est fréquent dans le monde occidental, et nous l'avons à maintes reprises constaté, de vérifier des insensibilités totales ou partielles chez des sujets en état de maladie mentale, par exemple celle que l'on appelle névropathie hystérique. Il nous est arrivé d'opérer dans un hôpital psychiatrique un abcès du bras que nous avons disséqué à travers les masses

---

* Béta-endorphine : quarante-huit fois plus analgésique que la morphine opiacée, origine hypophysaire-récepteurs.
Enkephalines : origine spino-cérébrale-récepteurs.
Il existe même des insensibilités congénitales (de naissance !) à la douleur (où la naloxone est efficace).

musculaires et jusqu'à l'os sans que la femme ait manifesté la moindre sensation désagréable. Elle n'avait reçu aucun autre médicament que son traitement habituel, fort lourd il faut bien le dire, et déjà en soi-même assez abrutissant mais elle n'était soumise à aucune anesthésie.

Nous nous souvenons à ce propos qu'il était assez courant, dans le lycée où nous avons fait nos études secondaires, de parier un paquet de cigarettes pour se traverser la joue ou même toute la chair de l'avant-bras à l'aide d'une épingle dite à nourrice que l'on fermait ensuite. Les uns le pouvaient, les autres non. Les seuils de la douleur sont en effet très variables selon les individus et les zones d'innervation. Certaines personnes ont des zones totalement insensibles dans diverses parties du corps (dysesthésies parcellaires).

### *L'immobilité et la rigidité*

L'immobilité ne constitue guère à elle seule un signe d'absence de la vie, chacun le sait. Un choc psychique, un traumatisme physique, une attaque organique ou une maladie grave peuvent produire un évanouissement, une perte de connaissance, une lipothymie ou syncope légère, voire une syncope grave avec arrêt cardiaque transitoire.

En revanche, dans tous les cas, la mort entraîne le raidissement, la raideur cadavérique. Quelques heures après la fin de la vie, les muscles se contractent et cette rigidité serait liée à des modifications métaboliques et électriques, avec notamment une surcharge* d'électrons à l'échelle cellulaire, électrons dont la déperdition ne se fait pas sans échanges thermiques. Quelques heures après la mort, tous les muscles sont raides et rigides. Cette rigidité s'accompagne d'une surpression due à l'acidité d'origine musculaire (libération de l'acide lactique). Il s'écoule un certain temps avant qu'elle n'apparaisse mais elle peut se produire presque au moment de la mort lorsque celle-ci survient après un effort très violent. L'augmentation de la pression est aussi accélérée par l'élévation de la température ambiante, qui accroît les processus de désagrégation des cellules musculaires. Habituellement, lorsque la raideur cadavérique disparaît, la putréfaction commence.

Mais il reste entre ces deux termes un temps mystérieux, celui des relâchements brutaux des sphincters, inopinés, imprévisibles, à un moment ou à un autre de l'état morbide. Les vannes de la vessie et de l'anus, qui sont pourtant des muscles, se relâchent et vident le corps de ses déchets évidents, tous les chasseurs le

* Comme dans les crampes. Remède : une suroxydation à l'eau chaude.

savent. Il semble donc que ces muscles n'obéissent pas aux règles générales de la rigidité cadavérique.

On ne doit pourtant pas en déduire que la rigidité cadavérique est synonyme de mort. Dans certains cas de maladie mentale et de suggestion, qui peuvent être reproduits sous hypnose, se constituent des raideurs de catalepsie qui entraînent un raidissement total de toute la musculature du corps, lequel reste pourtant bien vivant.

La catalepsie est l'une des principales manifestations pathologiques susceptibles de donner le change avec les signes de la mort. Les exemples sont multiples. Nous y reviendrons.

### *L'arrêt de la respiration*

L'arrêt de la respiration est souvent admis, même encore aujourd'hui, comme étant le signe de la mort par excellence. Larrey, qui fut le médecin de Napoléon, utilisait en campagne un miroir sec qu'il plaçait devant la bouche du présumé cadavre. L'apparition d'une buée affirmait le maintien de la vie. Sans buée, le sujet était déclaré décédé. La médecine a retenu d'ailleurs cet instrument qui s'appelle le miroir de Larrey.

Mais Larrey n'a rien inventé : dans les temps les plus reculés, on recouvrait les narines et la bouche des gisants avec de la salive et, par la suite, de la mousse de savon pour voir si la respiration persistait. Mais les mouvements respiratoires peuvent être réduits au point de ne pas se trahir dans ces épreuves pourtant logiques. Au reste, la médecine de pointe actuelle et ses techniques sophistiquées reconnaissent leur insuffisance à détecter l'absence totale de respiration. Il arrive fréquemment que des personnes soumises au contrôles des appareils extrêmement perfectionnés dont disposent les hôpitaux soient considérées, respiratoirement parlant, comme mortes alors que leurs échanges gazeux se poursuivent imperceptiblement.

Certains mammifères et certains oiseaux aquatiques, qui respirent pourtant avec des poumons et non point des branchies comme les poissons, sont parfois capables de rester immergés pendant de longues périodes sous l'eau. Ils possèdent un *réflexe de plongée* bien développé, qui ralentit immédiatement la fréquence des battements cardiaques, et provoque aussi une vaso-constriction artérielle périphérique, c'est-à-dire une diminution de calibre des artères, de tous les vaisseaux des membres et de tous les organes qui ne sont pas essentiels à la survie, ce qui détourne le sang des extrémités mais aussi des viscères sans intérêt vital immédiat, comme le foie, la rate et les intestins, au profit du cœur et du cerveau. Tous les vertébrés mettent en jeu ce réflexe de plongée en présence d'une menace d'asphyxie et en présence d'un certain nombre de causes comme la menace de mort et le stress*. C'est ce réflexe de plongée qui perment à bon nombre de noyés de survivre à une immersion prolongée et notamment si l'eau est froide. Dans ces conditions, le réflexe de plongée permet au cœur d'assurer une transfusion sanguine cérébrale faible mais constante tandis que le froid réduit les besoins en oxygène des tissus. Ce réflexe peut ainsi prolonger la durée de survie jusqu'à une heure. Une heure entière sous l'eau ! Qui avant d'avoir lu ces lignes aurait tenté de réanimer un noyé resté au fond de l'eau pendant une heure ? Pourtant c'est possible et nous le raconterons plus loin. Mais, bien sûr, il faut s'armer de patience et de courage. Quelquefois une journée ou même deux journées entières sont nécessaires à un grand nombre de personnes se relayant pour pratiquer la respiration artificielle, notamment par insufflation directe de bouche à bouche, avant de ramener à la vie des sujets dont la respiration s'est aussi longtemps suspendue. Pour étonnantes qu'elles paraissent, ces conclusions proviennent d'une étude de cinquante débuts de noyades dans les eaux du Michighan aux USA, dont treize dans une eau à moins de 20° centigrade. Neuf de ces cas de noyades en eau froide *furent*

---

* Cf. L'expression : « la peur lui faisait retenir sa respiration ». Le stress comme la douleur fait sécréter des endorphines et enkephalines auto-anesthésiantes.

*réanimés sans lésions cérébrales ni autres séquelles,* deux se compliquèrent d'infections pulmonaires mortelles, contractées lors de la noyade mais très vraisemblablement plutôt lors de la réanimation : lorsque le sujet régurgite l'eau qui remplissait son estomac, mais qui n'a pas jusque-là pénétré dans les poumons grâce au réflexe de plongée ou réflexe de clapet, cette eau inonde ses poumons. Une comparaison s'impose : en vomissant on peut parfois inonder ses voies respiratoires avec le liquide vomi, liquide lui-même bourré de germes de fermentations stomacales et intestinales qui ensuite déclenche des pneumonies très graves. Pour revenir aux noyés du Michigan, les deux derniers moururent de séquelles cérébrales : les artères, trop vieilles, n'avaient pu, sous l'effet spasmodique déclenché par la vaso-constriction périphérique, nourrir les fragiles cellules de leur cerveau. Quoi qu'il en soit, ces treize noyés avaient tous dépassé la période de 4 minutes d'anoxie et pour certains cette période s'était allongée à 10, 15, 20 minutes et plus. Or, la période de 4 minutes est considérée aujourd'hui encore comme la limite au-delà de laquelle les lésions cérébrales irréversibles sont inévitables. Un étudiant de dix-huit ans était pourtant resté 38 minutes complètement immergé au fond de l'eau. Ce qui ne l'a pas empêché de survivre normalement. Voici maintenant un cas français : le 31 juillet 1967, un enfant de sept ans, A. Boufkir, tombé dans la Saône à Lyon, est découvert par les hommes-grenouilles des sapeurs-pompiers après 20 minutes de séjour *sous* l'eau. Transporté à l'hôpital Edouard-Herriot, il faudra six heures de réanimation pour que son cœur se remettre à battre.

L'ensemble des données permet de conclure que l'âge du sujet et la température de l'eau — nous reviendrons sur ce point en abordant les théories du professeur Vincent — conditionnent la survie sans lésion cérébrale irréversible.

## CHAPITRE III

# *Une frontière mal définie*

Soit un être humain chez qui la respiration est totalement arrêtée. Le phénomène n'implique pas que cet arrêt soit irréversible. Des réanimateurs ont obtenu des résultats spectaculaires et qui prouvent que même une interruption prolongée de la respiration ne constitue pas un obstacle au rétablissement des fonctions normales. L'organisme humain peut en effet s'accommoder d'une privation d'oxygène d'une durée variable. Ce point est vérifiable chez certains adeptes du Hatha-Yoga, même si la démonstration scientifique n'en est pas acceptée pour autant par la logique de nos savants modernes. Ainsi dans une posture nommée Khéchari-Mudra, on pousse la langue dans l'orifice du cavum nasal situé au fond du palais, exercice extrêmement difficile, et l'on peut demeurer sans respiration perceptible durant des heures. Les échanges gazeux sont reduits à leur strict minimum, en réalité le sujet survit par récupération de toutes les molécules ionisées d'oxygène en milieu hétéro-liquidien des alvéoles pulmonaires, ce milieu se comportant comme un milieu iso-électrique, c'est-à-dire que des molécules d'oxygène de plus en plus séparées les unes des autres finissent par se dissocier en atomes d'oxygène, selon la théorie des dilutions infinies d'Arrhénius. Chaque atome d'oxygène garde son potentiel d'oxygénation mais est ainsi particulièrement capté et utilisé.

On pourrait comparer ce genre de respiration à la respiration d'un sujet qui progressivement s'entraînerait à ne respirer que dans un sac de matière plastique parfaitement hermétique. On pourrait objecter que de telles tentatives n'illustrent guère la survie puisque cette méthode de suicide est de plus en plus répandue dans les milieux carcéraux, c'est-à-dire les prisons et aussi hélas dans les hôpitaux psychiatriques, où elle supplante la pendaison et l'ouverture des veines. L'argument est de taille mais, dans le cas qui nous occupe, il s'agit de tout autre chose que d'une asphyxie : le sujet s'habitue peu à peu à n'utiliser que le minimum d'oxygène, dont la dissociation est de mieux en mieux réalisée, au niveau des couches mono-moléculaires liquidiennes qui tapissent les alvéoles, en une ionisation moléculaire puis atomique de chaque élément oxygène, le rejet du CO2 provoquant une acidose, qui, nous le verrons avec la théorie du professeur Vincent, est particulièrement favorable à la survie et à l'ionisation ainsi qu'à la circulation imperceptible par électro-osmose.

A la limite, on pourrait donc dire que le sujet peut réussir à s'entraîner à respirer dans un sac et que ses facultés d'adaptations organiques lui permettent d'utiliser parfaitement un oxygène raréfié moléculaire puis atomique au niveau de la couche liquidienne mono-moléculaire de ses alvéoles pulmonaires, chaque atome d'oxygène étant utilisé mieux qu'auparavant, une bouffée d'oxygène, c'est-à-dire sans résidu, suffit et chaque molécule de gaz carbonique recomposé en éléments acides permettant une meilleure ionisation du milieu ambiant, ce qui favorise l'apport d'électrons, l'échange de protons, et l'électro-osmose circulatoire sans battements cardiaques perceptibles, l'évacuation d'excès de gaz carbonique se faisant progressivement par toutes petites bouffées que relâche le clapet de la langue enfourné dans l'orifice du cavum nasal, mouvement qui permet à chaque fois une pénétration et un renouvellement d'une toute petite bouffée d'oxygène en échange*. Tout cela peut sembler assez abstrait. Il n'empêche que cela existe.

---

* Arrhénius a démontré que le pouvoir d'ionisation (décomposition en molécules puis en atomes) d'une solution est maximal lorsque la dilution de la solution est infinie, c'est une preuve scientifique irréfutable de l'action potentielle d'une dilution homéopathique sur le plan physique-biologique et par conséquent thérapeutique.

Citons le cas des pêcheurs de perles* qui arrivent à des performances assez extraordinaires, tout comme les ancêtres de nos scaphandriers qui respiraient durant de longues périodes et à de fortes profondeurs dans des outres de cuir graissées qui les mettaient donc en véritable autarcie respiratoire grâce à l'entraînement qu'ils avaient acquis dans cette discipline.

C'est aussi dans cette posture de Yoga, qui n'exclut pas tout à fait la possibilité d'une respiration ultra-superficielle amenant le renouvellement de quelques petites bouffées d'oxygène contre quelques petites bouffées de gaz carbonique, que des yogi se sont fait enfermer dans des cercueils hermétiques de verre et ont pu, au vu et au su de tous, survivre durant des journées entières à une asphyxie quasi-automatique pour quiconque n'aurait pas été entraîné. Des tests contrôlés électroniquement ont été effectués en Inde sur un sujet pratiquant le Khéchari-Mudra et enfermé dans une cabine étanche. Le sujet a survécu pendant 10 heures sans renouvellement d'oxygène à l'intérieur de la cabine, et des mesures d'échanges gazeux (anoxie, carboxémie, saturation en oxygène) ont démontré que, pour ce sujet spécialement entraîné,

* Un plongeur est descendu en apnée, c'est-à-dire sans bouteille et en retenant sa respiration à plus de 150 mètres de profondeur (au moins 6 minutes de plongée).

une adaptation remarquable permettait la survie dans des conditions fatales pour le commun des mortels.

La plupart des manuels qui traitent des arrêts des fonctions vitales font référence à la démonstration d'un certain colonel Townsend. Il avait réussi à suspendre sa respiration devant une commission d'experts durant si longtemps que ceux-ci finirent par certifier par écrit qu'il était obligatoirement décédé. Néanmoins Townsend, bien vivant, recommença l'expérience le lendemain. (G. Cheyne. *The English malady*, Medical publications.)

Savoir retenir sa respiration au point de tromper volontairement ou involontairement le médecin convoqué pour constater un décès n'est pas un phénomène courant en Occident. Et, plutôt que de nous attarder sur des pratiques orientales qui permettent de réduire la consommation d'oxygène et d'utiliser au mieux l'élimination du gaz carbonique, citons plutôt un cas occidental, qui tend à prouver qu'un bébé peut supporter sans en mourir une respiration extrêmement ralentie et même imperceptible des heures durant sans qu'il y ait suspension de la vie.

Mme Michel, épouse d'un herbager domicilié dans l'Aisne, met au monde le 8 juin 1965 un bébé de sexe féminin, né prématuré à six mois. Environ une heure après l'accouchement, une infirmière annonce à la mère: « Votre enfant ne respire toujours pas, tout laisse à croire qu'elle est mort-née. »

Pendant ce temps, par acquis de conscience, les soignants poursuivent diverses tentatives de réanimation, notamment le bouche à bouche et le massage cardiaque, techniques modernes qui ont révolutionné la réanimation. Tous ces efforts n'aboutissent cependant pas à un résultat positif, du moins apparemment. Et la petite Sandrine Michel est alors définitivement considérée comme mort-née. Le père accomplit sur-le-champ les démarches nécessaires auprès de l'entreprise des pompes funèbres et, à la morque, la fille de salle chargée de s'occuper du « cadavre », au moment même où elle effectue la mise en bière s'aperçoit que l'enfant remue un bras. Le bébé est replacé aussitôt sous une tente à oxygène (« « grave hérésie » selon le professeur Vincent, mais heureusement elle y restera peu de temps). Elle sera transférée ultérieurement à l'hôpital de Soissons où elle restera trois mois dans une couveuse. Après ce délai, l'enfant sera remise à ses parents, en parfait état de santé. Ce cas a été relaté par *Le Figaro* le 8 octobre 1965.

Mais ce phénomène se produit aussi chez les adultes: le 11 décembre 1963, Elsie Waring, jeune Anglaise de trente ans, perd connaissance chez elle. Elle est conduite au Willesden general hospital où, à son arrivée, trois médecins constatent son décès. Dix heures plus tard, alors qu'on la glisse dans son cercueil, elle a un hoquet et se met à respirer de nouveau (*Daily Telegraph*, 12 décembre 1963).

Ces erreurs de diagnostic abondent généralement parmi les cas d'intoxication par les barbituriques (dès 1945, le professeur Vincent dénonçait les cas de diagnostics erronés de mort par intoxication aux barbituriques, ce qui déclencha un tollé général de tout le corps médical et notamment de l'Académie de Médecine lorsqu'il prétendit que les morts par barbituriques étaient rarement des morts vrais !). De même, le plus banal des traumatismes crâniens peut entraîner un arrêt de la respiration, notamment s'il se produit au niveau du cervelet, c'est-à-dire du bulbe, arrêt momentané certes mais qui est parfois suffisemment long pour laisser croire qu'il est définitif.

Après sa journée de travail, un maçon de Boulogne-sur-Mer, Georges Vasseur, quarante deux ans, se dirige en novembre 1967 vers son domicile lorsqu'il est renversé par un camion. Des passants le découvrent inanimé au bord de la route, le crâne ensanglanté. Un attroupement se forme. Un des automobilistes qui s'arrêtent sur les lieux est un médecin qui examine la victime. L'arrêt complet de toute respiration lui fait dire : « Il est mort, il ne reste plus qu'à le mener à la morgue ! » Ce jugement définitif suffit pour que le « mort » soit transporté sans examen plus approfondi directement à l'intitut médico-légal.

La civière sur laquelle gît Georges Vasseur est déposée sur le sol de la chambre froide. Des brancardiers s'apprêtent à le hisser dans un des compartiments réfrigérés quand tout à coup le « cadavre » laisse échapper un gémissement puis se redresse. Peu après, à l'hôpital Saint-Louis de Boulogne-sur-Mer, il se confirme que Georges Vasseur a tout simplement perdu connaissance jusqu'au point le plus approfondi de la syncope. Arrêt cardiaque momentané puis reprise des battements à raison de 8 à 10 par minute, arrêt de la respiration superficielle... Il sera soigné pour sa blessure au cuir chevelu par trois points de suture. On le gardera en observation car il souffre d'une légère hémorragie cérébelleuse entraînant des vertiges et un état de pseudo-ébriété (ce qui, nous l'avons vu récemment dans la presse, peut faire parfois porter à tort un diagnostic d'intoxication alcoolique chez un sujet ayant subi un traumatisme de la nuque, sujet qui peut d'ailleurs en mourir assez rapidement si l'hémorragie est grave). Et, après trois jours d'hospitalisation, Georges Vasseur obtiendra l'autorisation de rentrer chez lui. Ce cas a été rapporté par *Paris-Jour* le 8 novembre 1967.

## *L'arrêt de la circulation*

L'arrêt du pouls est considéré comme un signe traditionnel majeur de mort clinique. Ici encore, à elles seules les techniques des ascètes hindous suffiraient à prouver qu'un être humain peut rester en vie tout en suspendant consciemment, ou inconsciemment, le battement de son pouls. Un cardiologue français, qui s'est rendu en Inde avec un électro-cardiographe portatif, a découvert plusieurs sujets capables d'arrêter leur cœur à volonté.

Un yogi français remarquable par son aspect squelettique en a fait la démonstration il y a une quinzaine d'années en France : il parvenait volontairement à arrêter son cœur pendant plus de trois minutes sous contrôle médical.

Un autre observateur, M. Watson, a signalé le cas d'un fakir qui, contrôlé par électro-cardiographie dans un hôpital de New-Delhi, stoppait l'activité de son cœur pendant 12 minutes.

L'excitation du nerf responsable de cet arrêt cardiaque ou nerf vague* était provoqué par ce que les yogis appellent « Valsalva » **.

---

* Nerf vague : nerf appartenant au système nerveux végétatif, qui ralentit les battements cardiaques alors que son antagoniste l'accélère. Théorie de Vincent : un nerf positif, le sympathique — un nerf négatif, le vague.

** Comme la manœuvre médicale du même nom qui ralentit le cœur en appuyant sur les globes oculaires, ou en immergeant la tête dans l'eau froide ou en appuyant sur les carotides (sinus carotidien).

Certains ermites tantriques qui vivent dans les grottes glacées des hauts sommets de l'Himalaya peuvent, en se concentrant, préserver du froid leur corps presque nu au point de transpirer abondamment pendant de longues heures de méditation.

Il convient cependant pour nous de s'en tenir aux réactions habituelles du monde occidental. La médecine européenne reconnaît aujourd'hui qu'un état de collapsus grave des grosses artères ne permettant plus l'acheminement sanguin vers les extrémités peut avoir pour conséquence un pouls parfaitement imperceptible.

D'une façon analogue, en cas de syncope ou de ralentissement du cœur avec baisse de la force des contractions, l'auscultation et la palpation artérielle peuvent laisser planer un doute. Et l'électrocardiogramme montre généralement dans ce cas des contractions très faibles, lentes et épisodiques mais qui sont toujours prolongées de plusieurs minutes après l'état de mort apparente.

Il faut ouvrir ici une parenthèse : si la théorie de la circulation sanguine a révolutionné la médecine, elle serait aujourd'hui à reconsidérer. Peut-on en effet admettre que la pression exercée à l'origine par la pompe (le cœur), pression qui n'est d'ailleurs pas extraordinaire, suffise pour qu'après des milliers de kilomètres réalisés au travers des infinis réseaux d'artères, de capillaires artériels, de capillaires veineux, de veines, et de gros troncs veineux, le sang coule encore et reste soumis à cette force centrifuge. Cela semble assez peu vraisemblable. On a invoqué l'influence de la tonicité musculaire artérielle : celle-ci provoquerait un spasme qui se prolongerait le long des artères et des veines afin d'acheminer le sang du cœur au cœur en passant par l'extrémité des doigts. Ici encore la théorie semble pécher quelque peu au niveau de l'hydrodynamique comme à celui de la répartition des forces. Comment se pourrait-il qu'à partir d'un tronc artériel de plusieurs centimètres de diamètre subsiste une force réelle lorsque, par des millions et des millions de canalisations, le sang aboutit à des capillaires d'un diamètre inférieur à celui d'un cheveu ? Cela est impossible et insoutenable sur le plan de la physique et de l'hydrodynamique. En revanche, et pour anticiper un peu, voyons ce que suppose la théorie de Vincent* : le sang circule sous l'effet de pulsions magnétiques. Le cœur est un générateur de force électromagnétique ou condensateur chargeant le liquide en particules d'énergie (protons et électrons). Il agit comme une « pompe atomique », ce qui explique pourquoi la survie persiste chez certains sujets dont la « pompe » ne fonctionne plus mais dont le sang conti-

* Voir page 151.

nue de circuler car, n'étant pas encore complètement polarisés sur un seul pôle, l'échange électromagnétique existe encore. Les ondes électromagnétiques permettent l'acheminement des globules rouges et des globules blancs à travers cet immense réseau de canalisations, dont on peut considérer qu'il couvre dans l'organisme humain des millions et des millions, pour ne pas dire des milliards de kilomètres. Une comparaison : si l'on branchait une pompe d'une puissance équivalente à celle de la machinerie du paquebot *France* sur une canalisation de 10 mètres de diamètre, et que l'on divisait tous les 10 mètres cette canalisation en 10 canalisations ayant un diamètre 2 fois inférieur à celui de l'origine, on obtiendrait au bout d'un kilomètre un réseau dont l'extrême terminaison serait un tissu de canalisations grosses comme des cheveux, des milliards de cheveux.

Malgré la puissance de la pompe qui se trouve à l'origine, la pression dans ces canalisations ultra-fines ne sera plus mesurable, elle sera explosive au départ mais n'existera plus en fin de course. Le liquide ne subira plus aucune impulsion et restera immobile. Ainsi s'infirme la théorie de la circulation sanguine sous l'effet de la pompe cardiaque. Sans doute cette hypothèse annonce-t-elle une nouvelle révolution dans la physiologie de la circulation sanguine, révolution aussi importante que celle provoquée, pendant la

Renaissance, par la découverte d'un flux sanguin faisant le tour de l'organisme.

Signalons au passage et pour l'anecdote un truc souvent utilisé par de faux yogis ou de faux mages qui affirment pouvoir arrêter le cœur. Vous pouvez faire l'expérience vous-même : il vous suffit pour cela de vous coincer une balle de tennis sous l'aisselle. Tentez ensuite de prendre votre pouls : il a disparu. Pour un témoin non averti, vous avez arrêté votre cœur, alors qu'en réalité vous avez simplement interrompu la transmission sanguine au niveau du creux axillaire.

Dans un article intitulé : « Les faux cadavres, le problème de la définition de la mort », trois cas précis de mort apparente ont été relatés dans le n° du 6 juin 1970 du journal *La Presse médicale*.

1. En 1969, on constate le décès d'un intoxiqué par un barbiturate (ou barbiturique selon le terme le plus commun). Il est transporté à la morgue. Mais une larme coule sur sa joue. Les témoins y voient un indice « discret mais évident de la vie », ce qui lui permet d'être sauvé.
2. En 1970, une jeune fille victime d'une intoxication par barbituriques et ayant « toutes les apparences de la mort », est déposée à ce titre à la morgue. Elle est soumise, à la demande d'un journaliste présent, à une expérience effectuée à l'aide d'un cardio-

scope doté d'un système de signalisation sonore*, un « bip-bip », appareil que des médecins n'auraient pas utilisé de leur propre initiative, il faut bien le dire, dans ce cas particulier. A la grande surprise des assistants, après quelques instants de silence et alors qu'ils ne s'y attendent plus et parlent d'autre chose, le test prouve qu'en réalité « la morte » vit encore, car le « bip-bip » résonne de façon discontinue et inconstante puis se stabilise et se régularise pendant quelques instants avant de s'affoler à nouveau. Néanmoins la malade est vivante. On lui prodigue alors les soins d'une réanimation qui sont cette fois couronnés d'un succès total.

3. En 1964, après une heure de tentatives de vaine réanimation, trois médecins ont diagnostiqué la mort sur une personne qui, quelques heures plus tard, attirera, par ses gémissements sur le suaire, l'attention du préposé au pompes funèbres.

Après l'énumération de ces cas survenus en Grande-Bretagne, *La Presse médicale*, dans ce même numéro du 6 juin 1970, commente ainsi les faits :

« Il est certain que le coma barbiturique (comme ce fut le cas dans deux des exemples précédents) peut déterminer un refroidissement et un quasi-arrêt circu-

* Les barbituriques sont très reducteurs.

latoire simulant la mort*, et chez l'animal on peut ainsi obtenir un état de mort clinique qui est réversible par des manœuvres de réanimation. Si ces moyens étaient appliqués à tous les morts, on en sauverait peut-être, mais dans quelles proportions ?

Déjà la réanimation est appliquée avec succès dans les services de soins intensifs à des sujets en syncope ayant toutes les apparences de la mort. Mais les simili-morts ont rarement la chance de faire leur syncope dans ces services ou à proximité d'une équipe compétente et il serait très difficile d'organiser ces soins pour tout le monde ; du moins on devrait prévoir d'y soumettre des sujets, surtout jeunes, frappés brutalement sans maladies préliminaires, mais aussi les intoxiqués par les barbituriques, les personnes ayant été exposées au froid, et tous les cas douteux. »

Deux ans plus tard, en 1972, un hebdomadaire parisien alerte l'opinion publique avec un article de Bernard Cousin intitulé « On enterre trop vite et sans certitude ». L'auteur cite trois cas précis signalés, dont un en 1970 près de Regio de Calabre, Italie : « Tandis que les pleureuses entourent un cercueil, le couvercle de celui-ci se soulève et on assiste à une résurrection. » En 1967 dans une clinique de Lille, un bébé est considéré comme « mort-né » mais se met subitement à gémir et peut-être sauvé in extremis. En

* Monitoring cardiaque.

1945, au camp de concentration de Dachau, des soldats américains, alertés par des râles en provenance de la fosse commune où étaient jetés les cadavres des déportés, retirent à temps le corps d'un patriote français laissé pour mort par l'ennemi. Il s'agit de M. Segelle, ancien ministre de la Santé et maire d'Orléans. Il faut tout de même noter à ce propos que c'est avec une certaine minutie que les Allemands procédaient à la déclaration de décès et que les histoires de ce genre ne sont pas classiques, ce qui revient à dire que l'on ne mettait pas volontairement à la fosse commune des sujets mourants ou à peine morts. Le diagnostic de mort réelle avait été porté et confirmé par le fait même que les Allemands laissaient les tas de cadavres empilés durant plusieurs jours à l'air libre avant de les ensevelir dans la fosse, ceci faute de main-d'œuvre.

On a supposé que, dans tous ces cas également, le diagnostic de mort erronée s'appuyait sur l'arrêt circulatoire et respiratoire, qui pouvait d'ailleurs s'accompagner d'autres signes tout aussi trompeurs : globes oculaires flasques, raideur cadavérique ou cataleptique du sujet, polarisé électroniquement comme peut l'être un sujet électrocuté qui n'en est pas pour autant mort, flaccidité des joues et des tissus non musculaires.

L'absurdité de classer l'arrêt circulatoire parmi les facteurs susceptibles de prouver la mort se trouve en outre démontrée dans les techniques chirurgicales à basse température, où l'on empêche le fonctionnement du cœur volontairement durant toute la durée de l'opération. Si un chirurgien du XIXe siècle pénétrait aujourd'hui dans un bloc opératoire de chirurgie vasculaire et notamment de chirurgie à cœur ouvert, il déclarerait sans la moindre hésitation que le patient est décédé. Il n'en faudrait d'ailleurs pas tant : un siècle plus tôt, l'anesthésie étant alors inconnue, le chirurgien de l'époque qui verrait un sujet anesthésié le ferait enterrer sur l'heure.

*Le refroidissement*

Rangé dans la catégorie des signes semi-tardifs de la mort, le refroidissement survient au bout d'un délai variable. L'équilibre avec la température ambiante est en général complètement atteint après 15 à 20 heures. Un sujet initialement vivant et en bonne santé à 37°, après environ 15 heures d'ensevelissement dans la neige se trouve à la température ambiante de manière homéotherme, c'est-à-dire extérieurement et intérieurement. Et, en apparence, il est mort ! En théorie, le retour à la vie est toujours considéré comme impossible au-dessous d'une certaine température centrale de 10°. Nous verrons plus loin l'absurdité d'une telle affirmation qui, si on la prend à la lettre, permet d'inhumer un sujet dont la température inférieure à 10° au centre des viscères et du cerveau autorise à la déclarer décédé. On estime couramment qu'une température anormalement basse peut constituer un cas certain de mort clinique mais les avis ne concordent pas lorsqu'il s'agit de définir une norme qui dépend en réalité de nombreux facteurs, et en particulier le moment de la journée et cela chez tout le monde : notre température n'est pas obligatoirement de 37°. Les combattants au Viêtnam savaient très bien que sous ces latitudes, les blessés mouraient plus facilement vers 3 heures du matin, heure à laquelle ils constataient que la température corporelle baissait pour chez les survivants remonter ensuite parfois au-dessus de 37°, même chez un sujet indemne, aux alentours de 6 heures du matin.

La température d'un individu normal et en bonne santé est légèrement inférieure à 37° au lever et toujours supérieure au coucher. Celle des bébés est plus élevée que celle des adultes tandis que celle des vieillards est plus basse. Autrement dit, l'âge influence également la température dite normale. Les bains aussi, Un bain froid peut faire tomber la température à 32°. La température ambiante également et des personnes âgées vivant dans des pièces froides ont pu être ranimées alors que leur température centrale était tombée à 24° centigrades. Citons par exemple le cas de ce jeune Suédois qui se remit complètement après une chute de température à 17°, consécutive à son ensevelissement sous une avalanche. Selon le rapport établi par les médecins légistes attachés à la police, il était déjà mort depuis 25 heures !

Il est de notoriété publique que l'hibernation artificielle est aujourd'hui pratiquée pour les humains. Il s'agit de la chirurgie hypothermique pour laquelle il est courant de bloquer la circulation sanguine pendant une heure grâce à la réduction de température du corps à 15° centigrades.

Au Japon, des interventions sur le cerveau sont pratiquées à des températures de l'ordre de 6° centigrades. En 1967, le corps de James Bedford, de Californie, a été réfrigéré à la température de l'azote liquide (– 196°C). Depuis cette date, une vingtaine de personnes l'ont suivi dans ce froid glacial sous les auspices de firmes cryogéniques dont la devise est : « Ne jamais parler de mort » : « Never speak of death ». Walt Disney, le père de Mickey, est de ceux qui attendent le réveil dans un monde de l'an 3000. L'exception la plus flagrante prouve d'une manière spectaculaire l'aberration des règle actuelles traditionnelles concernant le refroidissement cadavérique : il s'agit de l'expérience extraordinaire d'un jeune Cubain. Décidé à quitter clandestinement son pays, Armando Soccaras se glisse dans le logement des roues d'un DC8, appareil à réaction de fort tonnage. L'avion décolle de l'aéroport de Cuba et accomplit son trajet à destination de l'Espagne à une altitude de croisière de 8000 mètres, autrement dit à une température de – 41°.

Peu après l'arrivée à l'aéroport de Madrid, l'équipage de l'avion est alerté par le bruit de la chute du passager clandestin sur le béton de la piste d'atterrissage, désarrimé brutalement des fils électriques avec lesquels il s'est attaché dans l'appareil. Le nez et la bouche du jeune homme sont recouverts de glace. Son corps est rigide, entièrement gelé comme un bloc.

Grâce aux soins du docteur José-Maria Pajares, spécialiste madrilène de la chirurgie sous hibernation, et après une intervention de réanimation de 48 heures, Armando Soccaras sera rendu à la vie. Bien que, pendant plus de 10 heures passées en vol, la température intérieure de son corps soit descendue à moins 18°, moins 19° au-dessous de zéro. Soccaras constitue l'un des cas les plus stupéfiants de mort apparente. Il révolutionne par sa survie les lois établies, car à l'heure actuelle Armando Soccaras vit en bonne santé et sans séquelles cérébrales. En fait, il s'en est tout simplement tiré avec quelques gelures superficielles. Son cas bouleverse aussi les données de la science la plus moderne dans le domaine de la définition de la mort.

## *Les symptômes complémentaires*

Indépendamment des facteurs majeurs examinés jusqu'à présent, la conscience professionnelle médicale peut pousser à rechercher d'autres signes de valeur moindre pour affirmer la mort. Mais qui, joints aux précédents, confirment éventuellement le diagnostic.

*Ainsi la dilatation pupillaire ou mydriase* provient du relâchement des muscles sphinctériens*. « La fréquence d'une dilatation pupillaire chez les intoxiqués par barbituriques est à un stade où les possibilités de réanimation ne sont pas encore à exclure, dément une croyance selon laquelle un tel symptôme constitue à lui seul un signe probant de la mort.

Motivé toujours par le relâchement des sphincters, *l'écoulement de l'urine* ne se manifeste pas systématiquement chez des personnes réellement décédées, tandis qu'il se produit couramment chez des vivants sous l'emprise d'une émotion quelconque, mais aussi dans le cas des crises d'épilepsie (maladie que l'on appelait autrefois la « petite mort »), tout comme d'ailleurs l'orgasme sexuel.

*L'aspect vitreux des cornées* figure aussi parmi les signes caractéristiques *post-mortem,* mais il n'est pas

* Il s'agit des muscles annulaires qui entourent les orifices naturels et en commandent la fermeture ou l'ouverture.

constant. Il arrive par ailleurs d'observer une telle manifestation dans certains cas de coma qui ne sont pas mortels.

*La déshydratation* entraîne une perte de poids après le décès. Pourtant, même en possession de données exactes quand au poids antérieur de l'individu et permettant une comparaison valable, ce phénomène ne s'avère intéressant qu'en matière de médecine médico-légale.

Il faut noter tout de même ici l'expérience, réalisée par des méthodes très sérieuses, de la mesure du poids de l'âme. Le sujet meurt : quelques secondes après sa mort il est re-pesé et l'on constate une différence de poids de 25 grammes, 25 grammes étant la moyenne. Selon la théorie de Henri-Claude Vincent, il s'agit ici d'une fuite de protons de la région du cervelet, protons qui correspondent à l'impulsion électrique initiale de la vie, à la pile potentielle que l'on appelle l'âme.

On pourrait se fier davantage aux *plaques parcheminées* qui apparaissent sur la peau, surtout au niveau des lèvres, du scrotum et des territoires ayant fait l'objet d'une pression.

*Les lividités* résultent de l'accumulation de sang, devenu incoagulable, au niveau des parties déclives. Survenant en général 3 ou 4 heures après la mort, leurs teintes vont du rose clair au bleu ardoise. A la lumière des derniers progrès réalisés en ce domaine de la réanimation (possibilité de « remettre un cœur en marche » plusieurs heures après l'arrêt cardiaque) il semble évident que leur apparition ne doit pas être considérée comme la confirmation absolue d'une mort estimée réelle.

*Les signes tardifs de la mort*

La putréfaction est apparemment une preuve indiscutable de mort. Elle résulte de la pullulation dans l'organisme de microbes saprophytes, c'est-à-dire des microbes habituels, nécessaires même à la vie de l'organisme, dans l'instestin, sur la peau, etc. Elle se traduit d'abord par l'apparition d'une tache verte abdominale. Les veines superficielles deviennent alors apparentes, elles sont gonflées par la présence de bulles gazeuses de putréfaction à l'intérieur des vaisseaux.

Les tissus superficiels s'infiltrent eux aussi de bulles gazeuses. Puis l'épiderme se décolle. Ces signes constituent le reflet de transformation cadavérique extrême sauf dans quelques cas, et notamment ceux de faux choléra. Alors qu'ils sont réputés pour ne plus laisser planer aucun doute, dans les cas de faux choléra comme dans les cas de gangrène partielle, ils ne constituent pas pour autant des indices réels de la mort. Et lors des épidémies cholériques comme lors des épidémies de peste, on peut prendre les signes cliniques du faux choléra pour les apparences de la mort, comme lors des grandes dévastations de la guerre qu'ont été les bombardements stratégiques mais surtout les pilonnages, dans les conditions sanitaires épouvantables, des tranchées de 1914. Nul n'ignore que des mises en bière ont été effectuées dès les débuts de ces signes et que des faux cholériques, des pestiférés, des gangrénés d'une seule jambe furent enterrés comme morts et putréfiés alors qu'ils étaient dans un coma, peut-être profond.

Nul n'ignore non plus que la mise en bière, de nos jours, est effectuée bien avant l'apparition des signes de la putréfaction de la mort, et que n'importe comment, ils sont encore considérablement retardés par les soins de conservation pratiqués. La putréfaction apparaît très tardivement lorsque le sujet est placé en chambre froide : on a vu des sujets enterrés vivants après un séjour de 48 heures en chambre froide, et bien sûr enterrés sans l'apparition du moindre signe tardif de la mort : putréfaction distale ou apparence de putréfaction.

A ce jour, la putréfaction peut prendre un double visage trompeur : ou elle est l'apparence de la mort, dans les faux choléras, dans les gangrènes, et le sujet n'est pas vraiment décédé, ou elle n'est pas attendue, compte tenu des soins de conservation que l'on pratique sur les morts et le sujet est enterré avant que l'on attende l'apparition de la putréfaction pour confirmer le décès.

## CHAPITRE IV

# *La science moderne face à la mort*

Pris isolément ou dans un ensemble partiel, et plus rarement total, les différents critères énumérés au chapitre précédent délimitent encore les frontières de la vie à la mort pour la médecine d'aujourd'hui.

La conception ancienne, selon laquelle la mort serait caractérisée par l'arrêt du cœur, de la respiration et de la motricité, se révèle cependant de nos jours beaucoup trop simpliste, critiquable, voire criminelle.

### *Les phases de la survie cellulaire*

Dans le monde entier, des gens apparemment morts, dont les signes vitaux essentiels étaient abolis, et dont les signaux élémentaires de vie avaient disparu (électro-encéphalogramme plat, électrocardiogramme arrêté) ont été ranimés grâce à l'entêtement de leurs sauveteurs. La simple respiration artificielle par le bouche à bouche, le massage cardiaque, la compression du diaphragme, méthodes dont nous exposerons en fin d'ouvrage les pratiques simples, présentent un intérêt essentiel pour chacun car elles permettent de ranimer quelqu'un dans les quelques minutes où cela est encore possible et quand il est impossible au médecin de parvenir jusqu'au sujet en détresse, sauf miracle ! Elles précèdent en milieu chirurgical les méthodes sophistiquées telles qu'utilisation d'analeptiques, réanimation en unité chirurgicale spécifique, cœur ouvert, défibrillation électrique du cœur, massage cardiaque à thorax ouvert, ouverture de la gorge ou trachéotomie, stimulation électronique des élans vitaux, intubations, monitoring, etc.

Ce qui revient à dire que la mort ne doit plus être considérée comme un fait inéluctable. L'acceptation généralisée d'une telle doctrine pourrait assurer une chance de survie complémentaire à tout être humain. Il est en effet inadmissible que l'on se permette d'arrêter un monitoring de réanimation, de débrancher un malade dans le coma du matériel qui lui permet de survivre, voire, chose plus grave encore, de s'autoriser à laisser mourir un patient pour prélever sur lui des organes destinés à une greffe sur un autre malade.

Osons dire qu'il est inadmissible que quelqu'un prenne la responsabilité de renoncer à quelque moment que ce soit à une réanimation, même si le coma s'est prolongé pendant des jours, des mois ou des années.

Il existe toujours une chance de récupération de la vie *ad integrum*, c'est-à-dire intégrale, sans séquelles, et l'on ne voit pas quelle règle morale permet, même en cas de carence de matériel, même en cas de carence d'organe à greffer, de choisir une vie plutôt qu'une autre.

### *Les phases de la mort*

Il faut savoir que la mort se décompose en réalité en de multiples phases. L'expérimentation sur l'animal, et même des constatations sur l'homme ont montré que les différents tissus conservent des vitalités variables selon une durée plus ou moins grande après la mort, dans la définition qu'on lui donne communément, c'est-à-dire l'arrêt de la vie apparente. Déjà cela est alarmant et inquiétant : il s'avère en effet que les décès ne se produisent pas d'un seul coup et constituent en fait de véritables évolutions progressives, lentes, dans le sens de la disparition de la vie, mais évolutions comparables néanmoins à l'apparition de la vie de par les successions chronologiques, cette fois défervescentes. Ainsi la barbe continue de pousser comme les cheveux et les ongles plusieurs jours après le diagnostic de mort. Mais plusieurs jours ne veulent pas dire les plusieurs semaines que l'on admettait au Moyen Age. Dans de nombreux écrits de cette époque et de la Renaissance, et même plus tard au moment de la Commune, on affirme notamment que l'on a déterré des cadavres dont les cheveux, les ongles et la barbe ont continué de pousser de plusieurs centimètres après la mort. Hélas, il s'agit bien là de la confirmation absolue que ces « cadavres » n'étaient pas des cadavres, et qu'ils avaient été enterrés en état de mort apparente ; ils étaient bien vivants !

Hors de question en effet que barbe et cheveux poussent de plusieurs centimètres après la mort, quelques millimètres tout au plus, mais quand même suffisamment parfois pour nécessiter, alors que le mort s'éteint bien rasé, un rasage au titre des soins funéraires avant la mise en bière, la barbe ayant repoussé malgré le décès de quelques millimètres, après que la vie centrale apparente s'en soit allée.

Si l'on veut se montrer précis, il faut donc dire qu'un organe est mort seulement quand, après un certain temps, il n'est plus possible — malgré des efforts médicaux intenses — de lui faire retrouver son activité antérieure. On conçoit dès lors à quel point il est difficile d'affirmer ce phénomène en examinant simplement les expériences d'Alexis Carrel, qui a réussi à faire battre pendant plusieurs mois un cœur de poulet, isolé bien sûr de l'animal, dans une solution de sérum physiologique ; puis, plus tard, a pu faire palpiter en parfaite synchronisation les différentes cellules constituant le tissu du cœur de poulet, cellules qu'il avait réussi à faire se multiplier et à développer à partir d'une seule cellule-mère, recréant ainsi, si l'on peut dire, la vie. Aussi, affirmer qu'un individu ne vit plus constitue dans beaucoup de cas une erreur, voire un crime, tant que demeure l'espoir de pouvoir rétablir un fonctionnement normal des organes de première nécessité vitale.

Parmi ces organes primordiaux et essentiels, la place privilégiée revient incontestablement au cerveau. On réussit à remplacer aujourd'hui un rein, un poumon, et même un cœur, mais le cerveau humain demeure pour l'instant un organe irremplaçable. Malgré certaines prophéties et prévisions selon lesquelles, d'après certains « patrons » téméraires, on pourra un jour greffer sur un homme la tête d'un autre homme, les tentatives les plus avancées se limitent à une seule intervention réussie de la greffe — avec une survie de quelques heures — d'une tête de jeune chien sur un autre chien, et à une autre — ratée — d'un mouton sur un autre mouton. On imagine d'ailleurs le travail considérable que cela peut représenter, et il faut rendre ici hommage aux chirurgiens qui ont la patience et la persévérance de se lancer dans des expérimentations aussi complexes.

En attendant que cela puisse s'appliquer à l'homme, seule la cessation totale de toute activité cérébrale devrait par conséquent nous autoriser, et si l'on a une certitude absolue, à l'interruption d'une tentative de réanimation. Une telle conception peut paraître paradoxale et inhumaine si l'on envisage l'hypothèse d'un corps définitivement démuni de toutes les ressources habituelles, inerte, ayant les apparences de la mort mais encore doté d'un cerveau intact, comme dans le cas de John Mac Intyre, précédemment cité dans *Johnny s'en va-t-en guerre (Johnny got his gun)*, film de Dalton Trumbo qui raconte comment, à la suite d'une explosion pendant la guerre 1914-1918, un soldat américain perd son visage, ses bras, ses jambes, mais reste artificiellement en vie malgré son désir explicite de mourir, vœu que ce tronc exprime par des signaux en morse avec la tête qu'il parvient à remuer et les yeux qu'il ouvre et qu'il ferme. Tous n'ont pas cette possibilité : voir l'Américaine dans le coma depuis dix ans, et le Français depuis trente ans, vivant comme des végétaux, sans le moindre signal vers le monde extérieur.

On ne peut affirmer, à l'inverse, que l'impossibilité définitive de disposer de son cerveau fait que l'homme ne vit plus. Le prétendre serait nier certains phénomènes biologiques bien connus qui se manifestent au niveau des cellules. Privée brutalement d'arrivée d'oxygène à laquelle elle est habituée, la cellule cutanée survit plusieurs jours (d'où la continuation de la pousse des cheveux, des ongles et de la barbe).

Selon la médecine traditionnelle, la cellule cardiaque survivrait une heure environ, la cellule rénale vingt minutes, la cellule hépatique fragile dix minutes, et la cellule cérébrale trois minutes seulement. Nous ne sommes pas du tout d'accord, vous le verrez plus loin lors de l'examen de cas vécus, avec ces normes qui constituent à nos yeux un scandale criminel puisqu'elles autorisent le corps scientifique à abandonner tout espoir et toute mise en œuvre de réanimation lorsque ces temps sont dépassés, compte tenu du fait que des organes essentiels seraient trop lésés pour que tenter de faire survivre le sujet menacé ou agonisant en vaille la peine.

Considérons qu'il existe apparemment une hiérarchie au sein de l'organisme humain, ce qui nous permet d'ailleurs d'affirmer que, si cette hiérarchie est respectée, les temps de survie cellulaire sont multipliables par dix en état de polarisation, et que la destruction d'une valeur supérieure n'entraîne que progressivement la destruction des valeurs inférieures.

Avant la mise au point des techniques de réanimation les plus modernes, la cessation des activités cérébrales, c'est-à-dire l'arrêt de « l'ordinateur » et de ses commandes, se soldait très vite par l'arrêt de la respiration et des battements cardiaques, pour ne citer que les principales fonctions viscérales. Mais, aujourd'hui, des appareils de réanimation, des drogues, des solutés, des hormones de synthèse peuvent assurer le maintien des fonctions viscérales pendant plusieurs jours en prenant la relève du système nerveux ; c'est le stade que P. Mollaret et M. Coulon appellent coma « dépassé ». Un monitoring et un respirateur artificiel assurent la respiration tandis que des perfusions intraveineuses de drogues et d'hormones maintiennent l'activité cardiaque, la pression artérielle et les fonctions viscérales élémentaires. La régulation centrale de ces fonctions, normalement garantie par le cerveau, « l'ordinateur » qui donne des ordres à tout l'organisme humain, peut donc être confiée à des moyens artificiels ; et si dans son ensemble, et abstraction faite du cerveau, l'organisme continue de « vivre », est-il insensé de prétendre que l'être humain considéré comme tel fait encore partie des vivants, faut-il admettre que dans les cas extrêmes on se doit de reconnaître que l'individu est mort du moins physiquement parlant, puisqu'il ne survit que par l'intermédiaire de la machine et de la chimie, et que si l'on interrompt les impulsions de l'une ou l'autre, la mort de tous les tissus périphériques est rapide.

Cela revient à admettre du même coup que le cerveau est irrécupérable, ce qui avec la théorie de Vincent est proprement inadmissible : le fonctionnement cérébral étant basé sur des échanges électroniques et protoniques, il semble être à tout moment parfaitement récupérable, sauf si une trop grosse partie est détruite ou exclue. C'est en examinant d'autre part les différents tissus histologiquement prélevés sur un sujet et peu de temps après la mort (détail horrible, ces expériences ont été pratiquées sur des guillotinés) que l'on a pu mettre en évidence le fait que la vie tissulaire se prolongeait durant quelques heures. L'expérience fut tentée au pied de l'échafaud dans les conditions suivantes : le condamné avait accepté d'essayer, une fois décapité, d'obéir à l'ordre lancé, d'ouvrir les yeux puis de les fermer. Ce qui se produisit. Autrement dit, la tête séparée du corps entend et vit quelque temps encore après la décollation. Tout cela semble prouver que la mort n'est pas un phénomène instantané, mais un véritable processus de déconstitution de la vie organisée, comme un film de la naissance cellulaire que l'on tournerait à l'envers.

Le processus commence en toute logique par les centres vitaux composés des cellules les plus fragiles. Une fois que ces centres vitaux, et notamment le cerveau, ne peuvent plus donner, par l'intermédiaire des médiateurs chimiques, hormonaux, enzymatiques, électromagnétiques, les ordres de vie à tous les organes périphériques, ceux-ci s'éteignent progressivement et successsivement en fonction de la fragilité respective de leurs cellules. S'éteindre ne signifie pas mourir, mais se mettre en repos profond, un repos profond qui précédera la mort tissulaire, laquelle ne surviendra que par l'absence d'alimentation et d'hydratation.

On pourrait donc dire qu'en admettant à l'extrême la théorie de Vincent, la mort ne surviendrait jamais. C'est le mystère de la vie dans l'au-delà et des momies « tueuses » (Tout Ankh Amon et ses victimes).

### *La mort n'est pas une fatalité*

Si on voulait persister à hydrater le corps par perfusion, voire à le nourrir par le même moyen, ou même par ingestion forcée lente, et si on dépolarisait l'individu par une négativation électrique et une mise à terre constante tout en entretenant un échange électroprotonique par des micro-impulsions électromagnétiques, *il semble que la mort tissulaire* ne surviendrait jamais.

On peut également suspendre tous les processus par la cryogénie, congélation du corps dès les premiers symptômes de la mort, dans l'espoir d'une « résurrection » future grâce aux progrès de la technique médicale. On peut même envisager la guérison de la maladie qui a provoqué cette interruption momentanée de la vie.

Walt Disney, nous l'avons vu, et d'autres riches Américains, sont ainsi conservés dans l'azote liquide, à tout hasard. Mais le coût de ce « traitement » demeure pour l'instant très élevé.

Pour en revenir à l'alimentation forcée du pseudocadavre, le corps reste dans un état d'attente où chaque cellule survit sur un métabolisme d'« hibernation » en se contentant d'un minimum mais sans mourir et sans se putréfier.

On pourrait, à la limite, supposer que c'est de cette façon que s'est transmise la vie d'une planète à l'autre lors des grandes explosions cosmiques et peut-être d'une ère à l'autre lors des grands bouleversements de notre planète.

Certains êtres ont pu rester des siècles, voire des millénaires, dans cet état de coma dépassé autorisant la vie tissulaire, hydratés et nourris cellulairement par on ne sait quel mystère, mystère que les Anciens essayaient sans doute de reproduire lorsqu'ils enterraient leurs morts abondamment munis de nourriture et de boissons, comme on les retrouve dans les tombes égyptiennes d'il y a quatre mille ans. Cela se produit encore aujourd'hui dans les régions de l'Azerbaïdjan (URSS-Iran) où l'on vit couramment jusqu'à cent vingt, cent trente et même cent quarante ans ainsi que chez les Aztèques et les Incas sur les hauts plateaux des Andes. On vit aussi très bien chez les Hounzas, dans l'Himalaya, et dans la vallée de Vilcamanba dans les Andes (Équateur). Ces régions sont tout à fait comparables par leurs mœurs, leurs climats et leurs habitudes alimentaires, ainsi que par leur culte des morts.

Toutes ces régions à forte longévité (cent quarante, cent soixante-dix ans et plus) sont situées en zone montagneuse et en altitude (1 500 mètres), d'où, selon le professeur Vincent, une augmentation du gaz carbonique et une raréfaction de l'oxygène « tueur ». Intervient peut-être aussi un phénomène d'ondes de forme transformant l'énergie cosmique, comme dans le cas d'une pyramide — même en carton — sous laquelle rien ne pourrit, mais tout se dessèche. Vous pouvez faire vous-même l'expérience de mise en évidence d'ondes de forme et transformer l'énergie cosmique : placez un œuf sous une pyramide de carton. Il ne pourrira pas mais se desséchera.

### *La mort apparente*

Entre la vie et la mort tissulaire totale, entre l'état de vie tissulaire et la putréfaction, existe donc une mort apparente, un état frontière qui se traduit par un arrêt de la respiration et un ralentissement considérable des mouvements du cœur, ces deux manifestations de la vie devenant cliniquement imperceptibles pour l'être humain et difficiles même à appréhender pour l'électronique usuelle.

La bioélectronique, méthode que nous utiliserons désormais pour diagnostiquer la mort, permet en revanche de les mettre en évidence : elle se fonde sur les détections d'électrons et de mouvements électroniques dans les atomes des cellules.

L'éternité résiderait, selon le professeur Vincent, dans une formule mathématique, comme c'est aussi dans une formule mathématique appliquée que réside le secret de la vitalité et de la longévité. Nous parions, lui et moi, que nous vivrons chacun cent cinquante ans, et peut être plus, car nous appliquons ce secret, et nous affirmons que tous les hommes peuvent, lorsqu'ils sont initiés, vivre au moins jusqu'à cent cinquante ans.

Nous ne sommes pas les seuls à être éveillés à cette conception de la vie et à cette conception de la mort. D'autres laboratoires de recherches n'acceptent pas non plus les frontières habituellement utilisées pour séparer l'une et l'autre.

Ainsi, M.S. Gaevskaya *(Biochimistry of the brain during the process dying and resuscitation)* et le laboratoire de physiologie expérimentale de ressuscitation de Moscou considèrent aujourd'hui la mort clinique comme un état dans lequel tous les signes extérieurs de la vie sont absents, mais où l'organisme n'est pas encore mort dans sa totalité. Des réactions métaboliques au niveau des tissus continuent à s'opérer, ce qui autorise dans certaines conditions la restauration de toutes les fonctions. Cela signifie, en langage plus clair, qu'à partir de différents morts apparents « bons à enterrer » selon la définition actuelle de la vie et de la mort, on pourrait récupérer des tissus aussi séparés les uns des autres qu'il est possible de l'imaginer, doigts d'un côté, cheveux d'un autre. Avec tous ces fragments de « faux cadavres » il serait possible de reconstituer un être vivant susceptible de reprendre le cours d'une vie normale, de même que l'on peut, à partir de divers fragments de diverses automobiles, reconstituer un véhicule qui roule lorsque chacun de ces fragments reste encore utilisable. Au reste, certains botanistes affirment avoir réussi, à partir de divers fragments de plantes de la même espèce ou d'espèces voisines (chacune considérée comme morte), à reconstituer par greffes une plante entière susceptible de revivre. Il faut signaler à ce propos que certaines plantes sont susceptibles de parthénogénèse et que, dans certaines conditions, leur reproduction est possible de la manière suivante : prendre une feuille de la plante, la couper en petits carrés d'un centimètre, les enfoncer ou les poser sur un sable humide. A partir de chacun de ces carrés on pourra faire réapparaître une plante entière, identique à la plante dont ils proviennent ; les racines poussent, puis une tige, etc.

Tout cela semble confirmer que l'hypothèse du docteur Frankenstein, le célèbre héros de Mary Shelley, n'est pas une utopie et sera bientôt réalisable. Elle suivra les progrès de la cryochirurgie et de la cryothérapie, c'est-à-dire de la conservation des tissus en état de vie ralentie grâce au froid.

Pour l'instant en tout cas, cela permet de déboucher sur un autre aspect des choses. Ainsi, dans des états considérés autrefois comme irréversibles et uniquement justifiables d'une mise en terre, une intervention thérapeutique permet de nos jours la ressuscitation dans la mesure où le tissu cérébral n'a pas subi de dommages trop irréparables. Même d'ailleurs si l'activité normale du cerveau ne peut être définitivement rétablie, le relancement de l'activité de certains organes comme le cœur et les poumons est néanmoins réalisable ; et s'il n'est pas question de ramener l'organisme entier à une vie indépendante, ces différents organes peuvent alors être prélevables et utilisables par un autre organisme qui en aurait besoin. Si on ne le fait guère en pratique, c'est bien parce que l'on est encore indécis sur les frontières de la vie et de la mort, et sur les critères qui permettraient d'affirmer que l'organisme ne récupérera jamais une vie autonome alors que certains organes continuent de survivre. La bioélectronique apportera ici sa réponse puisqu'elle permet de tester individuellement chaque tissu, chaque cellule, chaque molécule de tissu, et même chaque atome cellulaire.

Il convient de préciser ici, et les travaux menés dans ce domaine le démontrent, qu'à des températures normales, un délai de cinq à six minutes représente la période maximale d'absence de nutrition que le cerveau peut tolérer pour conserver ses facultés de récupération d'échanges normaux, donc de ses fonctions antérieures.

La démonstration est faite par les temps d'étranglement empêchant la nutrition des cellules cérébrales et aussi le passage des influx électro-magnétiques. S'ils se prolongent trop longtemps, il peut y avoir restauration de la vie, mais certaines cellules sont trop détériorées pour que le sujet récupère complètement ses fonctions cérébrales antérieures.

Pourtant, après avoir cru jusqu'à ces dernières années que le pool cellulaire cérébral était défini à la naissance, on a découvert et admis que les cellules cérébrales permutent elles aussi, donc que de nouvelles remplacent régulièrement les vieilles. Alors pourquoi n'y a-t-il pas réparation et repousse des cellules abîmées ? Sans doute parce qu'ici la différenciation atteint le niveau admissible maximum pour nos connaissances actuelles. La différenciation par les familles cellulaires et même moléculaires et les groupes de cellules différentes est si petite qu'une faible lésion peut détruire totalement une « famille » cérébrale, sans survivant permettant un point de départ à la « repousse ».

Un appareil, l'électro-encéphalographe, permet de mesurer approximativement la période dont nous parlions plus haut, et beaucoup estiment qu'il faut y voir l'appareil le plus précis aujourd'hui pour constater un décès. Des chercheurs russes ont cependant observé que ce délai de six minutes n'est pas fixé avec une certitude absolue. Pour eux, il est impossible, d'un point de vue pratique, de déterminer exactement la fin de l'état de mort clinique pour chaque individu, ce qui nous oblige à avoir recours aujourd'hui à des moyennes. Que l'on soit déclaré mort ou vif en fonction de l'étude des statistiques constitue vraiment le fin du fin des aberrations de la civilisation moderne. Et cela d'autant plus, que l'appareil bio-électronique de Vincent, connu de quelques chercheurs à travers le monde depuis des années, donne une réponse aux questions posées. Mais cet appareil ne fonctionne pas conformément au déroulement chronologique des données de la Science et n'est pas le fruit de la recherche du Corps Médical. Il est donc volontairement

« snobé » et méprisé en Europe, alors qu'il est utilisé d'une façon « discrète » aux États-Unis — en particulier par la NASA —, en Russie, en Allemagne, et par des gens qui en font un instrument de progrès scientifique à leur avantage, instrument sur lequel ils ne tiennent pas à attirer l'attention afin de ne pas perdre leur avance sur les autres.

A la lumière de la recherche moderne, il se confirme qu'aucun symptôme en soi ne peut être pris individuellement comme une indication de la mort clinique. La plupart des autorités médicales en ont toujours eu conscience. Mais les progrès les plus récents ne contribuent qu'à prolonger la vie individuelle et à rendre moins claire encore la distinction entre la vie et la mort. Aussi perfectionnés soient-ils, les instruments utilisés dans les hôpitaux modernes comportent automatiquement une marge d'erreur d'appréciation. Nous l'avons déjà signalé, certains tissus survivent plus longtemps que d'autres. Par exemple, alors que l'on peut considérer qu'il y a déjà un début de putréfaction cellulaire au niveau du cerveau, les tissus de la peau continuent de vivre plusieurs jours après cette « mort » par destruction des cellules cérébrales qu'on appelle la lyse, terme pudique que l'on généralise en médecine à la place du mot « mort », l'auto-lyse étant le suicide (lyse signifie étymologiquement « désagrégation », « disparition dans le néant »).

## *L'électrocardiographe et le diagnostic de mort*

L'électrocardiographe enregistre les courants électromagnétiques que nous fabriquons par la contracture de notre muscle cardiaque, comme d'ailleurs par la contracture de tous nos muscles, ou par l'activité de chacune de nos cellules. Cet appareil rend compte de l'activité électrique produite par le générateur-cœur, tandis que l'électromyographe mesure l'activité électrique du générateur muscle, et la bio-électronique l'activité électromagnétique du générateur-cellule.

Aujourd'hui, les services de réanimation se fient à l'électrocardiographe pour commencer à définir la notion de mort mais il arrive que, bien que l'électrocardiographe soit le témoignage d'un arrêt cardiaque prolongé, les tentatives de réanimation ne soient pas aussitôt interrompues et que la récupération s'avère ensuite possible.

L'électrocardiographe permet donc de connaître avec plus de certitude le mouvement ou l'arrêt cardiaque, mieux que la simple auscultation ou l'examen du pouls. La marge de sécurité et de certitude qu'il apporte est plus grande, mais retenons que l'absence d'enregistrement d'impulsions électriques témoigne de l'apparence de non-fonctionnement du muscle cardiaque dans sa totalité. Le bio-électronimètre de Vincent peut, en revanche, détecter des impulsions électromagnétiques cellulaires là où l'électrocardiogramme est plat. Autrement dit, l'apparence du non-fonctionnement cardiaque n'est pas synonyme de mort. Il faut noter aussi qu'il est exceptionnel que l'électrocardiographe soit utilisé pour détecter les signes de survie, autrement dit pour diagnostiquer la mort, en dehors des unités chirurgicales spécialisées ou du cadre des blocs opératoires lors des interventions de réanimation. Ce n'est donc pas un appareil utilisé habituellement par le médecin pour détecter la mort.

### *L'électro-encéphalogramme et le diagnostic de mort*

L'électro-encéphalographe enregistre, nous l'avons dit, le fonctionnement électromagnétique du cerveau global, ou du global cérébral.

La disparition de son signal, comme la disparition de celui de l'électrocardiographe, est généralement considérée comme la preuve d'un arrêt de fonctionnement de l'organe. Au cours des dernières années, cette disparition était considérée comme la marque de l'arrêt de la vie, dans le sens où on l'entend communément c'est-à-dire que l'ordinateur ne fonctionne plus, n'envoie plus ses ordres au reste de l'organisme, et donc que celui-ci est condamné, à plus ou moins brève échéance, à voir progressivement ses autres fonctions vitales s'interrompre puis disparaître. Ce qui aboutit à la putréfaction des tissus distaux et périphériques.

Selon les causes du coma, la disparition des signaux de l'électro-encéphalogramme (électro-encéphalogramme plat) doit se manifester pendant un minimum de huit minutes et jusqu'à un maximum de soixante-douze heures pour que toute tentative ultérieure de réanimation soit estimée sans intérêt. Telle est au moins la définition des experts occidentaux des services de réanimation. L'expression « sans intérêt » signifie que les détériorations cérébrales seraient telles, que le sujet resterait un incapable cérébro-moteur complet, c'est-à-dire semblable à une plante, un être totalement végétatif, à l'instar de Karen Quin Lan dont on a parlé récemment dans les journaux, ou de ce Français plongé dans le coma depuis trente ans et que sa mère nourrit comme on arrose un pot de fleurs, avec l'espoir qu'il se réveillera un jour.

Il faut remarquer ici l'ampleur de cette marge de sécurité minimum de huit minutes, maximum de soixante-douze heures. On nage en pleine incertitude. D'autant plus que, nous l'avons déjà dit, l'opinion médicale courante accorde un délai maximum de six minutes de survie à toute cellule cérébrale privée d'oxygène.

La contradiction apparente résulte donc d'observations de cas exceptionnels, qui viennent conforter la théorie bio-électronique de la vie et l'opinion du professeur Vincent sur des marges au maximum dix fois supérieures à celles usuellement accordées et peut-être même cent fois.

*Les énigmes qui démentent les règles*

Tout en constituant des moyens plus fiables que l'observation des signes traditionnels de la mort (respiration, pouls, auscultation, etc.), électrocardiographe et électro-encéphalographe ne sont pas utilisés systématiquement lorsqu'il s'agit d'affirmer la mort. Nous avons dit que ces appareils ne sont pas de l'usage courant du praticien. C'est pourtant le médecin de quartier habituel qui signe dans la plupart des cas le certificat de décès. On sait aussi que l'usage de ces appareils — permanent et courant dans les services de réanimation — révèle d'autre part que considérer leurs indications comme des preuves toujours absolues serait une erreur.

Le 16 juillet 1967, un jeune soldat américain, nommé Jacky Baynes, est grièvement blessé en Indochine. Les jambes déchiquetées par une mine, il est transporté à l'hôpital militaire de Saigon. Après plusieurs heures d'effort et vingt-six transfusions, les médecins arrivent à la conclusion qu'il est décédé, en se fiant d'abord aux signes cliniques et ensuite aux données négatives de l'électro-encéphalographe, plats tous les deux. Le tronc humain inanimé est alors transporté à la morgue et confié, en vue de son rapatriement, aux soins d'un embaumeur. Mais celui-ci, en entreprenant son travail quatre heures plus tard et en posant son scalpel sur le corps, perçoit une légère contraction musculaire. Jacky Baynes, jusque-là conservé au froid, est alors ramené dans la salle d'opération. Stupéfaits, les médecins constatent le retour progressif des battements du pouls. Grâce à la poursuite des soins de réanimation, le jeune soldat sera finalement sauvé (fait relaté par la presse en 1967).

A la suite de cette affaire, un « humoriste à froid », le colonel Edward Vollum du Corps Médical de l'armée des Etats-Unis, a proposé un remède à des situations de ce type : quiconque serait enterré sans avoir été embaumé conserverait un flacon de chlorophorme à portée de la main pour abréger ses souffrances en cas de réveil en terre.

En France aussi, il est arrivé que des constatations cliniques et l'absence de tout signal sur un tracé électro-encéphalographique se soient révélés contestables. En réalité, la valeur d'un E.E.G. varie selon diverses conditions. On ne pourra donc pas retenir le diagnostic de coma dépassé irrécupérable dans les deux cas suivants :

1. S'il s'agit d'un patient soumis à une insuffisance de température ou hypothermie, quelle qu'en soit la cause : immersion dans l'eau glacée ou ensevelissement dans la neige ou la glace, intervention chirurgicale sous réfrigération (cryogénie, cryothérapie, cryochirurgie cérébrale).
2. Si le patient se trouve sous l'influence de barbituriques ou de neuroplégiques qui sont des médicaments employés dans les cocktails anesthésiques. En bref, de toutes substances pouvant sérieusement déprimer le système nerveux central. Chacun connaît, par exemple, l'action du curare.

Plusieurs neurologues ont rapporté, devant la Société Française de Neurologie, huit observations de coma toxique profond suivant l'absorption de barbituriques ou de neuroplégiques. Ces cas s'accompagnaient d'une sidération du système nerveux végétatif qui régit les fonctions automatiques (circulation, respiration, digestion, sécrétions, etc.) avec abolition de la respiration, arrêt de la circulation, collapsus et chute du tonus cardio-vasculaire, refroidissement, hypothermie prononcée.

Dans tous les cas, le tracé électro-encéphalographique était plat vers la quarantième heure de l'intoxication et durant au minimum trente minutes ; dans un des cas, il était même caractérisé par des périodes de silence électronique allant jusqu'à plusieurs minutes. Et cependant, la réanimation a tiré complètement d'affaire ces patients.

La valeur relative de l'électrocardiogramme et de l'électro-encéphalogramme est également prouvée par de nombreuses observations effectuées aux États-Unis. Les témoignages recueillis par le docteur Raymond Moody pour son livre *La vie après la vie* proviennent exclusivement de personnes restées jusqu'à une douzaine d'heures en état de mort clinique : leur respiration était interrompue, l'électrocardiogramme attestait l'arrêt cardiaque, et l'électro-encéphalogramme témoignait de l'absence de toute activité cérébrale. Malgré cela, ces « morts » sont revenus à la vie.

## CHAPITRE V

# *Les « trompe-la-mort »*

En janvier 1977, Mme Inès M... est « décédée » dans la région de Ségovie, en Espagne. Il faut noter que, dans ce pays, le permis d'inhumation est réglementairement délivré dans la journée qui suit le constat de décès, et, bien souvent, lorsque quelqu'un est déclaré mort le matin, il est enterré dans l'après-midi. Cela correspond à des impératifs d'ordre climatique datant d'avant l'époque des réfrigérateurs : à la saison chaude, si on ne mettait pas immédiatement le mort en terre, la putréfaction, accélérée par la chaleur, hâtait la décomposition, à tel point que le trépassé n'était pas exposable à sa famille — et encore moins au public — tant il pouvait être très rapidement, notamment chez les sujets obèses, et par décomposition et autocombustion des graisses, énormément ballonné, entièrement bleui par les plaques de *livido* ou décomposition, rempli de gaz malodorants, s'échappant régulièrement par les orifices naturels ; bref, en quelque sorte totalement bouffi et pourri.

Inès M..., âgée à l'époque de cinquante-deux ans, fut enterrée dans l'après-midi, lorsque le médecin de son village eut constaté le décès provoqué par un traumatisme cérébral résultant d'une chute de vélomoteur, chute provoquée par une automobile. La mise en terre eut lieu en présence de quelques témoins géographiquement proches du lieu immédiat de l'enterrement, et comme de coutume en Espagne et dans certaines autres régions méditerranéennes, le reste de la famille fut convié pour un grand enterrement, avec cérémonial religieux et civil, repas et prières, qui eut lieu six jours après la mise en terre de la malheureuse.

Comme il est de tradition dans ces pays, on déterra le cercueil, on le mit au jour, et on le transporta à l'église afin de refaire le service funèbre en présence de la famille. A l'effroi général, lorsqu'on posa la bière sur les tréteaux, on constata qu'elle coulait, ce qui est habituel car les morts décomposés laissent couler leurs liquides vitaux. Mais, en outre, un bruit de grattement provenait de l'intérieur.

Dans la terreur généralisée, on interrompit le service funèbre au bout d'une demi-heure, lorsqu'on fut certain que ces grattements n'étaient pas une illusion. On ouvrit le cercueil, et force fut de constater que la pauvre Inès n'était pas décédée, mais vraisemblablement plongée dans un coma, en économie d'utilisation d'énergie métabolique et surtout d'hydratation, car elle n'avait pas bu depuis plus de six jours, ce qui lui avait permis de garder un semblant de vie végétative jusqu'à cette heure, où elle grattait, non seulement de ses doigts et de ses ongles déchirés jusqu'à l'os, les parois intérieures du cercueil, mais aussi de ses coudes entièrement à vif jusqu'aux tendons.

Elle avait, bien sûr, uriné et déféqué, et c'est pourquoi le cercueil coulait plus abondamment que dans le cas d'une décomposition normale.

On la transporta d'urgence dans un hôpital où un service de réanimation la garda dans cet état de survie dépassée pendant plus de trente jours. Elle repris conscience ensuite, et put même s'exprimer et s'alimenter seule pendant cinq jours ; mais après cette « résurrection », elle mourut d'une embolie cérébrale, provoquée par une phlébite de décubitus qui l'emporta brutalement alors qu'elle revenait à la vie. Il s'agissait, pour parler clair, d'une embolie provoquée par un bouchon de sang coagulé dans les artères maltraitées de ses jambes en raison d'une longue immobilisation et d'une longue déshydratation. Le caillot ainsi constitué se détacha, fila dans la circulation sous l'influence de la pression sanguine, et alla se loger dans une artère cérébrale, provoquant une destruction de toute une grosse zone de tissus neuroniques, avec une paralysie complète des quatre membres, puis mort rapide par paralysie respiratoire.

On pourrait supposer que cette affaire macabre est exceptionnelle. Erreur : en 1978, à côté de Madrid, une petite fille de trois ans fut déclarée morte par son médecin habituel. Selon la famille, dans ce deuxième cas comme dans le cas d'Inès M..., le médecin était en état d'ébriété avancé lorsqu'il rédigea le constat de décès. L'homme de l'art n'est pas à l'abri d'erreurs d'appréciation qui peuvent tout aussi bien être liées à un état psychique détérioré : alcoolisme, surmenage, dépression, drogue, on a bien trop tendance à prendre le médecin, le curé ou les hommes politiques pour des surhommes sans vices ni failles. Comme tout un chacun ils peuvent trébucher et se tromper.

Cette petite fille avait été déclarée morte à la suite d'une infection. Dans un état cataleptique, elle fut mise en bière dans les mêmes circonstances que Mme Inès M..., c'est-à-dire dans la journée même du « décès ». L'enfant resta au cimetière deux jours. Puis on l'exhuma à la demande de sa famille pour un second service funèbre, en présence de toute sa famille convoquée pour l'occasion.

Au moment de l'exhumation, l'assistance crut percevoir des soupirs, puis des râles. On cria au « miracle », ou à l'illusion. On mit sur le compte de la décomposition du corps les bruits macabres qui provenaient du cercueil et qui ressemblaient à de bruyantes exhalaisons dc gaz, voire à des soupirs d'agonie.

La mère, terrorisée exigea, néanmoins, que l'on ouvre le cercueil. L'enfant, toujours rose, respirait à nouveau. L'état cataleptique avait cessé. Elle rouvrit les yeux, puis reçut les soins qu'imposait cet état extrême, auquel elle survécut et survit toujours.

Le médecin fut attaqué pour ce permis d'inhumer un peu hâtif — et sans doute inspiré par la dose d'alcool qu'il avait ingérée —, et l'on prit un peu plus conscience en Espagne du risque représenté par l'habitude de mettre en terre dans la journée même le mort — ou décrété tel —, cela, nous l'avons dit, pour des raisons de décomposition climatique, alors que dans ce pays industrialisé il existe aujourd'hui des morgues artificiellement réfrigérées.

La tradition l'emportant néanmoins sur la raison, on a découvert qu'en 1976, 1977 et 1978, quarante-sept personnes ont été mises en terre en Espagne, puis déterrées pour des raisons diverses, soit de service funèbre, soit de bruits émanant des cimetières, et que donc ces quarante-sept personnes ont été enterrées vivantes et se sont manifestées une fois ensevelies.

Le professeur Vincent estime, quant à lui, que les morts qui se réveillent de l'état de catalepsie mortuaire ne représentent au grand maximum que dix pour cent des personnes enterrées vivantes dans cet état cataleptique et végétatif, mais qui, malheureusement pour elles, ne se réveilleront jamais. Et ne se manifesteront donc jamais, ni par des hurlements venus du fond des tombes, ni par des coups violents frappés contre les parois du cercueil, ni par des soupirs. Mieux vaut, à cet égard, être enterré en Espagne, seul pays, ou plutôt l'un des seuls pays — avec la Grèce et quelques autres nations méditérranéennes — à déterrer les morts habituellement pour un second service funèbre, en présence de la famille au grand complet, qui met quelque fois huit à dix jours pour se réunir. Au taux de 10 %, quarante-sept cas connus représentent quatre cent soixante-dix personnes enterrées vivantes en Espagne au cours de ces dernières années.

Mais l'Espagne n'est pas spécifiquement représentative de l'erreur de diagnostic, et personne n'a pu mettre en évidence que le corps médical s'y adonne davantage à la boisson ou à la drogue. On peut donc supposer que les mêmes errements ont lieu dans tous les pays d'Europe « civilisés ». Que dire, dès lors, des pays du Tiers Monde ! A moins que l'absence de médecins n'y soit une garantie...

Prenons maintenant le cas de Juan, déclaré mort à la suite d'un accident de la route survenu en 1977, à Séville. Transporté dans son village natal proche de cette ville, il fut laissé exposé à l'intention de sa famille pendant une demi-journée, avant la mise en bière et l'inhumation.

Juan avait été percuté la nuit par un autocar, et après son transport à l'hôpital où l'on avait diagnostiqué une importante hémorragie interne provoquée par la rupture de la rate et du pancréas, à la suite d'un choc de plein fouet dans l'abdomen, il était décédé et avait été mis à la morgue.

Il y resta cinq jours, sous un froid atteignant $-6^o$ à $-7^o$, avant d'être transporté par convoi jusqu'à son village, pour l'ultime préparation précédant l'inhumation. Juan a raconté par la suite, que lorsqu'on le sortit de la morgue, le réchauffement de l'atmosphère le fit sortir d'un rêve. Il prit bientôt conscience qu'on le transportait dans un récipient dont il ignorait encore qu'il s'agissait d'un cercueil. C'était assez frais, mais plutôt agréable. Pourtant, il ne pouvait bouger ni un orteil ni un cil. Il avait les yeux entrouverts et se rendit parfaitement compte qu'on lui faisait sa toilette funèbre, et qu'on le préparait pour une ultime exposition sur le lit de famille. Les lamentations qui montaient des pièces voisines où se tenaient les pleureuses lui firent bientôt comprendre qu'il allait être enterré vif.

Allongé sur le lit, étendu dans son linceul et vêtu de son costume de mariage qui lui allait encore malgré ses soixante-sept ans, Juan vit avec terreur toute sa famille passer devant lui, en récitant les prières du dernier voyage, à la lumière vacillante des bougies.

Il ne put apprécier le temps qui se déroula entre l'instant où on le lava et celui où on le rasa de nouveau. Il espéra à cet instant que son entourage s'étonnerait que sa barbe ait tant poussé, alors qu'il était tenu pour mort depuis plusieurs jours. On le parfuma, on l'habilla, sans qu'il puisse — répétons-le — mesurer le temps qui s'écoulait, sans doute une journée entière. Toute sa famille défila derechef devant lui. Juan, qui était propriétaire terrien, modeste certes, mais à l'aise, put même assister à un début de partage de ses biens entre ses enfants et sa femme, dont il dira plus tard qu'elle ne semblait pas tellement regretter son départ.

Lorsque les croque-morts se présentèrent, au lendemain matin de cette journée épouvantable, et alors que Juan essayait de manifester son état de vie, de bouger un doigt de pied — sans succès —, on le prit enfin dans le linceul, et on l'étendit au fond d'un cercueil capitonné de parade qui devait l'emmener jusqu'à l'église. Ce cercueil étant prêté par le service local des pompes funèbres pour être remplacé ensuite par un simple cercueil de chêne.

Par chance pour Juan, qui mesurait 1,92 mètre, ce cercueil, qui datait de vingt ou trente ans, avait été conçu pour des personnes plus petites, et on dut lui plier les jambes pour l'y faire entrer, en appuyant la tête contre un petit coussin. Néanmoins, son attitude ne satisfaisait pas les croque-morts, qui décidèrent tout simplement de lui casser les jambes pour raccourcir son cadavre. Au premier coup de marteau qui lui fracassait les os, le pauvre homme hurla enfin. Dans la terreur générale, alors qu'il avait la jambe fort endommagée par ce coup violent, Juan parvint à se hisser hors du cercueil et à se laisser tomber sur le sol. D'abord affolés, les témoins lui donnèrent l'eau qui lui manquait le plus. Puis on le soigna et il revint à la vie.

Pour se venger des croque-morts, il ne leur paya point le service funèbre, mais ne voulut jamais accorder d'interview à quelque journaliste que ce soit. Malgré notre qualité médicale, nous n'avons pu obtenir de lui de plus amples détails sur l'affaire que ceux que nous ont fournis son entourage lointain, cousins et amis qui nous ont simplement fait promettre de ne pas citer son nom de famille.

Quoi qu'il en soit, Juan revient de loin : plusieurs jours dans un froid glaciaire, sans parler d'une tentative de meurtre sur la personne d'un « mort » pour le faire tenir dans un cercueil. A noter que le froid, nous l'avons vu, conserve la vie ; et peut-être cela a-t-il été sa chance.

On a pu faire pousser des graines datant de plusieurs millions d'années que l'on a retrouvées dans les glaces, on a pu faire germer des pollens enfouis au fond des cavernes depuis plusieurs millions d'années. Certains micro-organismes, comme les amibes, ont repris instantanément vie dans un bouillon de culture tempéré, malgré une mort apparente datant de dix millions d'années.

Le grand espoir des chercheurs et archéologues qui prospectent la calotte glaciaire — particulièrement riche en résidus dans la région de Sibérie orientale — est de découvrir un jeune animal, mammouth ou tigre des neiges, et de le ramener à la vie. En effet, les animaux qui ont été trouvés dans des congères, et notamment les mammouths, ont des tissus qui présentent encore toutes les caractéristiques de la vie. La détérioration cellulaire est relativement faible, avec, bien sûr, congélation du liquide interstitiel, modification des membranes sans altération du cytoplasme ni modification des noyaux, visibilité des nucléoles.

Après plusieurs millions d'années, ces performances remarquables obtenues par la nature grâce à la congélation brutale et spontanée d'animaux, soit blessés, soit ensevelis dans les glaces, donnent à penser qu'une véritable congélation profonde d'un organisme sain permettrait une survie de ses tissus vivants pendant une durée indéfinie et un réveil possible par un dégel soigneusement étudié.

Nous citerons encore le cas d'un plongeur pêcheur de corail qui, en 1976, au large de la Sicile, descendit à cent mètres avec des bouteilles d'oxygène comprimé sans azote. Victime de l'ivresse des profondeurs, il resta au fond et dans le coma, tout en continuant à respirer par mouvements automatiques, pendant plus d'une heure, allongé sur la vase. L'un de ses enfants le ramena à la surface, en observant soigneusement tous les paliers de décompression, sans avoir la certitude qu'il vivait vraiment. Une fois ramené en surface, et après six heures de réanimation et d'oxygénation inutiles, il fut déclaré mort.

Les pêcheurs de corail de Sicile pêchent à peu de distance des côtes, mais cette région d'Italie est assez mal pourvue en équipements sanitaires, notamment d'urgence. L'homme était bien mort, tous s'accordaient à le reconnaître. On déclara donc son décès à la gendarmerie, et on le ramena dans la petite maison qui lui servait de point fixe pour ce travail fort rentable lorsqu'il est fructueux, et qui venait doubler sa véritable profession de journaliste dans un des plus grands organes de presse de Rome.

Dans le chagrin général, on accepta cet accident de plongée qui est l'un des riques de la profession, et, après une veillée funèbre de quelques heures, chacun partit se coucher. Il était environ dix heures du soir. L'accident s'était produit vers neuf heures le matin. Le corps avait été ramené à terre vers midi, rigide, froid, glacé, bleu, ne respirant plus, ne répondant à aucun test de la vie. Le décès avait été constaté par les deux médecins locaux. C'est dire la véritable panique qui se déclencha dans la petite maison lorsqu'à deux heures du matin, le « mort » se leva, urina bruyamment par terre, et réclama à boire.

L'homme survécut, ne replongea plus jamais, et repris sa profession de journaliste. Il ne fit qu'une déclaration à la presse, dans laquelle il tenta de banaliser l'événement, et se refusa à tout jamais à admettre qu'il avait, durant un moment, été « mort » et susceptible d'être enterré.

*Un brevet français*

Il n'existe à notre connaissance qu'un seul et unique brevet de cercueil étudié spécialement pour permettre la survie en cas de réveil du mort « sous terre ». Il s'agit d'un brevet français. Ce cercueil, un tiers plus long et plus haut que la normale, permet de se retourner assez commodément en cas de « réveil » et même de s'asseoir en position courbée. Le brevet prévoit qu'il est muni d'un water chimique ou d'un seau hygiénique, de type caravane. Il est également pourvu de bouteilles d'air comprimé permettant de régénérer l'atmosphère, le volume d'air respirable étant rapidement épuisé par un sujet « survivant ». Le cercueil est d'ailleurs muni d'orifices à clapets permettant l'évacuation du gaz carbonique par les bas-côtés ; le gaz carbonique, plus dense que l'air, descend dans la partie basse du cercueil.

L'ensemble est capitonné, équipé d'un ventilateur permettant de rafraîchir l'atmosphère intérieure, d'une poche d'eau buvable, d'une poche d'aliments vitaminés super-comprimés de type aliments de cosmonautes, de somnifères et même d'une batterie permettant à la fois l'éclairage, bien sûr, mais aussi le fonctionnement du ventilateur (elle a une autonomie de plus de dix jours), d'un appareil émetteur sur ondes courtes permettant d'entrer en contact avec les forces de police et les radios-amateurs, et d'un appareil de radio amateur. Les antennes sont glissées à l'extérieur au moment de l'inhumation. Bien entendu, ce cercueil qui revient fort cher, environ cinquante mille francs avec tout son équipement, est relié à l'extérieur par un cordonnet actionnant une cloche, par un tuyau qui permet de pomper l'air, mais surtout de hurler à travers son orifice, par un fil électrique branche sur la batterie et transmettant un signal lumineux et sonore.

Ce curieux appareillage connu un vif succès aux Etats-Unis où quantité de personnes se sont fait inhumer dans ce cercueil dit « de sécurité » pour éviter de se retrouver enterrés vifs sans pouvoir réagir. L'inventeur est un Français qui, voici une quinzaine d'années, à la suite d'une crise cardiaque, fut déclaré décédé à l'âge de cinquante ans, mis à la morgue dans un hôpital du nord de la France durant deux jours où il resta dans un bac réfrigéré, puis enterré. Il se réveilla par miracle de son coma polarisé quelques heures après la fin de la cérémonie, et, frappant des coups extrêmement violents à l'intérieur de sa caisse, fut entendu par une dévote qui priait sur une tombe voisine, ce à quoi il dit son salut. La pauvre femme courut chercher de l'aide car elle se croyait victime d'une hallucination ou d'un phénomène religieux ou paranormal, voire démoniaque ; mais les assistants, plus jeunes et à l'esprit vif, coururent chez le fossoyeur du cimetière et entreprirent rapidement de déterrer le cercueil où ils retrouvèrent l'homme exsangue, livide, terrorisé, couvert de sueur, pratiquement liquéfié de transpiration au fond d'un cercueil où il commençait déjà à s'asphyxier et contre les parois duquel il s'était déchiqueté les poignets et les pieds, à force de frapper avec violence pour essayer de se faire entendre. Ce monsieur est naturellement resté marqué par cette horrible histoire, et c'est pourquoi il a conçu et réalisé ce modèle de cercueil qui permet d'éviter de mourir enterré vif.

Un interrogatoire que nous avons mené dans les grands cimetières parisiens et les cimetières de province, auprès des fossoyeurs traditionnels, ainsi que dans une dizaine de petites villes de province, nous a permis de constater que les fossoyeurs admettaient — certains avec réticence, par crainte de perdre leur place ou de subir une vengeance céleste, ou simplement par terreur superstitieuse — que lorsqu'ils rouvraient les cercueils et les déplaçaient parce qu'un nouveau venu avait besoin de la place d'un enterré précédent, en regroupant les ossements qu'ils remettent dans le caveau ou la tombe de famille, ou qu'ils jettent tout simplement à la fosse commune après avoir détruit le cercueil, ils avaient trouvé des bras et des mains rongés alors que le reste du squelette était intact. Ils nous ont donné des noms et des dates, et ils ont ajouté qu'ils avaient constaté que l'intérieur du cercueil où se trouvait le squelette d'un « enterré vivant » était lacéré, déchiqueté par des dents et des ongles incrustés dans le bois. Avec un recul de plus de vingt ans, certains de ces spécialistes de la mort ont affirmé avoir pu déceler sur le bois les traces d'une lacération désespérée : l'enterré vivant avait déchiqueté le cercueil avec ses ongles, ses os, ses dents, dans une atroce tentative désespérée pour sortir. Toutes ces traces sont bien reconnaissables par ceux qui manipulent les cercueils.

Ils sont peu nombreux, et le secret est bien gardé. On pourrait presque dire qu'il s'agit d'un secret professionnel car, pour l'instant, ces « bavures » demeurent inévitables, et il ne faut pas affoler les populations. L'un de ces fossoyeurs a même ajouté : « Si les gens savaient, on risquerait de ne plus avoir de clients, ils se feraient incinérer. »

Il ressort de notre enquête menée auprès de soixante fossoyeurs — spécialement choisis pour leur ancienneté dans le métier, et tous âgés de plus de cinquante ans — qu'ils avaient tous ouvert, pour des transferts d'ossements à la fosse commune ou dans d'autres tombeaux, des cercueils portant à l'intérieur les traces horribles de l'agonie d'un enterré vivant. Tous avaient vu, sans même connaître l'anatomie, que les os des mains, des pieds, ou des genoux des squelettes qui se trouvaient dans ce cercueil étaient disloqués alors que le reste du squelette paraissait intact, comme si on avait écrasé à coups de marteau les extrémités des mains et des pieds et les rotules. Il s'agit, bien entendu, en fait, des dislocations osseuses provoquées par une folle tentative de déchirer, de griffer, de mordre, et de casser la boîte en bois quand le sujet enterré vif se réveille et s'aperçoit de l'épouvantable sort qui l'attend.

## *Un progrès relatif*

Les quelques exemples que nous avons cités ne constituent en réalité, qu'une infime partie du volumineux dossier imaginaire qui renfermerait la totalité des diagnostics de mort erronés prononcés — ne serait-ce qu'en Europe et en Amérique — au cours de ces dernières années. Le secret médical aidant, la divulgation de cas semblables est rare. Il suffit cependant d'un nombre limité de révélations « sensationnelles » pour que d'autres témoignages affluent, par centaines, par milliers, et viennent témoigner de l'efficacité restreinte des armes dont dispose la médecine moderne pour détecter la mort.

Malgré les progrès relatifs que constituent l'électrocardiographe et l'électro-encéphalographe, on peut essayer de réduire encore davantage le risque d'un jugement erroné en matière de décès en utilisant d'autres méthodes de diagnostic. Avant de les décrire, signalons qu'elles sont rarement utilisées.

### *L'épreuve du docteur Icard*

Elle consiste à injecter en intraveineuse de la fluoresceine, produit chimique qui produit une coloration jaune-vert très caractéristique des conjonctives de l'œil chez le sujet encore en vie.

Dans une interview accordée en 1972 à l'hebdomadaire parisien *Le Meilleur*, le professeur Huet, membre de l'Ordre des Médecins, expert auprès des tribunaux, et ancien président au Conseil général de la Seine, professeur à l'École d'Anthropologie, a donné son avis sur cette méthode découverte en 1905, en affirmant qu'elle pouvait fournir de «plus grandes certitudes» que d'autres techniques plus récentes, à condition que l'on attende au moins dix heures pour en tirer une conclusion. En effet, dans le cas d'une micro-circulation fonctionnant uniquement sur des impulsions électromagnétiques vasculaires, les colorations des conjonctives sont très lentes. Et, lorsqu'il a parlé des «techniques plus récentes et moins valables», le professeur Huet faisait notamment allusion à l'électrocardiographe et l'électro-encéphalographe.

*L'artériotomie radiale*

Cette pratique barbare consiste à sectionner une artère du poignet, ce qui permet de vérifier l'arrêt de la circulation.

*Le test à l'éther*

Ce test se fonde sur le principe suivant : après l'injection de deux centimètres cubes d'éther dans l'épiderme d'un être vivant, un petit jet vaporisé d'éther rejaillit par le trou lorsqu'on retire l'aiguille, ce qui ne se produit pas quand le sujet est décédé. Ce procédé reste le plus valable des trois que nous venons de décrire, car lui seul témoigne de la vie cellulaire, alors que les autres rendent compte seulement de la vie d'organisme, de systèmc.

L'usage de ces méthodes a été recommandé par les autorités compétentes françaises dans les circulaires du 3 février 1948 et du 19 septembre 1958. Cela ne s'est pas traduit par leur application généralisée, ce qui paraît compréhensible ; ces méthodes sont discutables, les unes démontrant uniquement l'arrêt du cœur et de la circulation, l'autre uniquement la survie d'un morceau des tissus, le reste de l'organisme pouvant être éventuellement en état de mort réelle. Bref, ces procédés ne se sont pas répandus, les médecins, fiers de leurs prérogatives, se contentant d'apprécier subjectivement la mort — ce qui leur permet de conserver jalousement leur pouvoir médical et chamanique, au détriment de preuves scientifiques.

# CHAPITRE VI

## *La mort, la réanimation, les greffes.*

Aussi incroyable que cela puisse paraître, aussi proche de l'horreur que de l'anticipation que cela puisse être, on peut en tout cas aujourd'hui entretenir chez un sujet en état de mort apparente la vie des cellules du cœur, du rein, en branchant ces organes sur des cœurs, poumons artificiels qui les nourrissent, les irriguent et les entretiennent en bon état.

Chacun sait qu'on peut également faire respirer artificiellement le sujet avec une machine qui insufle de l'air dans ses poumons. Cela présente un double intérêt. Le premier, humain et moral, en permettant de maintenir en vie un individu durant la période nécessaire à l'évolution de la maladie sur un seul organe pour lui permettre d'atteindre le stade de la réparation puis de la guérison. Prenons par exemple le cas d'une néphrite anurique aiguë grave où les deux reins sont bloqués : on dévie l'épuration rénale et on laisse les reins en irrigation ralentie se réparer seuls, tandis que l'on épure le sang du sujet grâce à un rein artificiel, afin que l'urée ne vienne pas tuer le sujet en s'accumulant. Le deuxième avantage est le suivant : on peut, sur un sujet présumé mort et irrécupérable, maintenir en bon état certains organes en vue de prélèvements ; ce qui, à bien y réfléchir, est assez angoissant.

Les partisans des greffes avanceront, bien entendu, qu'une détérioration irrémédiable du cerveau est nécessaire pour que l'on considère que le sujet lui-même n'est pas entièrement irrécupérable. Mais nous avons vu combien cela était aléatoire, faux et mal défini, et qu'une récupération d'un cerveau apparemment et légalement mort dans le cadre des règles actuelles pouvait se produire d'une façon inopinée, on l'a constaté bien des fois.

En pratique, cela signifie que certains sujets se sont réveillés de leur coma prolongé en récupérant totalement leur activité cérébrale, alors qu'au regard de la morale médicale, et même de la loi, on aurait pu les tenir pour morts et prélever sur eux un ou plusieurs organes. On mesure ici l'étendue du pouvoir médical et sa *dangerosité,* du fait de ses liens étroits avec la morale et la loi.

Pour la France, il faut voir là une action constante du Conseil de l'Ordre des Médecins pour empiéter sur tous les domaines de la vie publique et privée. Ainsi, le diagnostic de la mort cérébrale a été défini par les membres de l'Académie de Médecine qui appartiennent souvent au Conseil de l'Ordre. Ces deux instances ont d'ailleurs soufflé aux législateurs les termes de leur réglementation.

Ces gens, qui ont une morale propre — pour ne pas dire une morale de groupe de pression politique —, ont insufflé naturellement leurs tendances personnelles à la loi. Quand il s'agit de la vie humaine, c'est une attitude extrêmement dangereuse.

Nous constatonspar exemple qu'à l'heure actuelle le diagnostic de la mort cérébrale, pour le Français moyen n'ayant pas accès à la « culture médicale », semble reposer sur un ensemble précis de signes essentiellement neurologiques ; quiconque en prendrait connaissance avant d'avoir lu cet ouvrage pourrait se croire en sécurité. D'autant que ces signes sont complétés par l'électro-encéphalographie, par des examens complémentaires comme l'artériographie cérébrale (injection de liquide opaque dans les artères pour voir si le sang circule dans le cerveau), l'échographie (utilisation d'ultra-sons dont les images de densité sont variables selon qu'il y a vie ou non), le scanning, qui est aussi un tomodensitomètre, et les radio-isotopes qui sont des corps radio-actifs dont on peut suivre de l'extérieur le déplacement à la trace dans le cerveau, quand ils sont injectés dans le sang, grâce à un détecteur de radioactivité.

Tout cela est beau sur le papier, mais nous avons déjà vu que l'électro-encéphalographie n'était nullement une garantie. Les autres examens sont-ils plus fiables ? Absolument, mais à condition de les pratiquer *tous,* ce qui est extrêmement rare.

L'une des garanties morales les plus appréciables est évidemment le fait que si l'on envisage un prélèvement d'organe sur un sujet en état de coma dépassé et jugé irrécupérable, le diagnostic ne peut être porté que par un groupe de médecins cliniciens totalement étrangers à l'équipe de transplantation *(Circulaire ministérielle du 24 avril 1968).*

Il s'agit d'éviter que dans des situations d'urgence où la survie des malades jeunes ne dépend que de la rapidité à leur greffer un organe, il n'y ait des abus : à savoir prélever sur un sujet relativement âgé un organe en bon état pour permettre la survie du malade jeune. Cela, même si l'on n'a pas la garantie absolue que le sujet âgé est condamné à mourir inéluctablement, et ne pourra pas récupérer.

La même circulaire ministérielle du 24 avril 1968 spécifie qu'avant d'effectuer des prélèvements d'organes, les établissements hospitaliers doivent reconnaître la mort d'après « le caractère destructeur, irrémédiable des altérations du système nerveux central dans son ensemble ». Il faudrait ajouter « et selon les critères préconisés dans l'état actuel de la Science ».

Il est vraisemblable que ces critères seront aussi ridicules dans cent ans que le sont à nos yeux ceux qu'utilisaient les médecins voici cinq siècles, compte tenu de la rapide évolution de la médecine. Ces critères ont d'ailleurs évolué : dans les années 1955-60, certains réanimateurs se sont trouvés, pour la première fois, confrontés à des cas qui les ont remplis de stupéfaction, et leur ont posé de véritables problèmes de conscience. Ainsi, certains corps humains présentaient tous les signes de la mort et pourtant ils étaient vivants selon les définitions de l'époque, autrement dit les cœurs s'obstinaient à battre dans des organismes qui présentaient l'apparence extérieure de cadavres.

En 1959, les professeurs Mollaret et Goulon donnèrent alors la première description du « coma dépassé ». La mort du cerveau, dans cet état, se juge sur :

1. La perte de vie de relation et la disparition des réflexes, l'absence de parole, de mouvement, etc.
2. Le tracé de l'électro-encéphalogramme est plat. Il n'y a plus d'activité électrique dans le cerveau.
3. La disparition des réflexes est totale, et les globes oculaires sont immobiles.
4. Il n'y a plus de respiration spontanée. La pression

intra-artérielle est extrêmememnt faible. La température est basse.

Ces quatre groupes de signes ont donc été proposés par Mollaret et Goulon pour autoriser l'arrêt de la réanimation à condition qu'ils soient réunis. Par la suite, le professeur Fischgold et d'autres autorités ont complété ces garanties en proposant de pratiquer :

1. Une angiographie carotidienne et vertébrale, c'est-à-dire l'injection d'une substance opaque dans les artères carotides et les artères vertébrales pour voir s'il y avait encore une circulation sanguine dans le cerveau.
2. L'exploration aux ultra-sons, c'est-à-dire déceler grâce à l'effet Doppler s'il y a micro-mouvements des artères, ou si toutes les artères et artérioles sont immobiles dans le cerveau, et si les globules sanguins ne bougent pas dans ces vaisseaux.
3. La mesure de la pression d'oxygène, c'est-à-dire examiner s'il existe encore une oxygénation dans les artères carotidiennes, et noter l'apparition massive de gaz carbonique dans les veines jugulaires.
4. L'injection de substances radio-actives pour voir si elles se dégradent.

La liste n'était d'ailleurs pas limitative. Ces méthodes ont fait leurs preuves. Mais disons simplement qu'elles sont très rarement appliquées, pour ne pas dire jamais, y compris dans les unités médico-chirurgicales spécialisées dans les transplantations d'organes.

Or, dès 1836, dans son *Manuel de Médecine légale,* le docteur Ryan écrivait que: « Les individus tués apparemment d'une manière brutale par certaines blessures, par certaines maladies ou par décapitation, ne sont pas *vraiment morts.* Ils se trouvent dans des conditions incomptatibles avec la continuité de la vie, mais sans doute seulement provisoirement » (par rapport aux progrès de la science).

La suite lui a donné raison: au stade actuel des techniques de réanimation, nous ressuscitons tous les jours des gens qui seraient passés pour mort à l'époque de Ryan.

D'immenses possibilités restent ouvertes aux réanimateurs de demain. Elles sont, pour l'instant, limitées par l'état actuel de la technologie. Voilà qui doit modifier l'attitude de la médecine face à la mort. On pourrait donc se demander s'il ne convient pas, dès à présent, de considérer la mort comme une maladie. Elle est en effet, à beaucoup d'égards, un état provisoire: tout comme une maladie, elle peut être... guérie ! La mort est par ailleurs, nous l'avons vu, irréductible à toute définition. *Chacun devrait être susceptible de prévoir à l'avance à quel instant il choisit d'accepter sa mort.*

*Le diagnostic de mort et les greffes.*

Compte tenu de l'imprécision de la frontière entre la vie et la mort, la loi de 1976 relative aux prélèvements d'organes souhaite multiplier les garanties.

ART. 2. *Des prélèvements peuvent être effectués à des fins thérapeutiques ou scientifiques sur le cadavre d'une personne n'ayant pas fait connaître de son vivant son refus d'un tel prélèvement. Toutefois, s'il s'agit du cadavre d'un mineur ou d'un incapable, le prélèvement en vue d'une greffe ne peut être effectué qu'après autorisation de son représentant légal.*

L'article 4 de la même loi précise qu'un décret en Conseil d'Etat déterminera « les procédures et les modalités selon lesquelles la mort doit être constatée ».

Le 4 avril 1978, paraît au Journal Officiel un décret en date du 31 mars 1978 qui apporte des précisions à la loi relative aux prélèvements d'organes en ce qui concerne « les modalités et les procédés de constatation de la mort ».

ART. 20. *Aucun prélèvement à des fins thérapeutiques ou scientifiques ne peut être effectué sur un corps sans que la mort ait été préalablement constatée dans les conditions prévues à l'article 21 par deux médecins de l'établissement dont l'un doit être un chef de service ou son remplaçant autorisé à cet effet. En cas de prélèvement à des fins thérapeutiques, les médecins appartenant à l'équipe qui effectuera le prélèvement ou à celle qui procédera à la greffe ne peuvent participer au constat.*

ART. 21. *Le constat est fondé sur des preuves concordantes cliniques et paracliniques permettant aux praticiens de conclure à la mort du sujet. Les procédés utilisés à cette fin doivent être reconnus valables par le Ministre chargé de la Santé après consultation de l'Académie Nationale de Médecine et du Conseil National de l'Ordre des Médecins. Les médecins établissent un procès-verbal précisant les procédés utilisés, les résultats obtenus, la date et l'heure des constatations.*

Dans une circulaire du 3 avril 1978 et concernant ces textes législatifs ; le ministre de la Santé et de la Sécurité Sociale donne des instructions détaillées concernant :

A. L'expression du refus de prélèvement par le sujet ou sa famille.
B. L'information des personnes hospitalisées et de leur famille.
C. Le cas du mineur et de l'incapable.
D. Les cas où le médecin doit s'abstenir de prélève-

ments ou les limiter: crime, suicide, accident du travail, maladies professionnelles, accident routier ou autre, en raison de l'éventualité d'une autopsie ordonnée par la Police ou la Sécurité Sociale.

Mais, chose plus intéressante, ce texte aborde les modalités et les procédures de constatation de la mort et spécifie quant aux *preuves de la mort:*

*Il doit s'agir d'un ensemble de preuves cliniques et paracliniques concordantes. Pour recueillir ces preuves, les médecins doivent utiliser les procédés reconnus valables par le ministère de la Santé après consultation de l'Académie de Médecine et du Conseil de l'Ordre des Médecins* (toujours lui). *Dans l'attente de nouvelles instructions, les praticiens se référeront aux directives de ma circulaire du 24 avril 1968 qui énumère les procédés à utiliser.*

Précisons que cette circulaire (n° 67) du 24 avril 1968 reconnaissait la valeur relative de l'artériotomie, de l'épreuve à la fluorescéine d'Icard, et le « signe de l'éther» dont nous avons parlé, en spécifiant ce qui suit:

*« Ces procédés étaient basés sur l'arrêt du cœur et de la circulation sanguine. Or, ce critère apparaît aujourd'hui doublement infidèle. D'une part il est insuffisant puisque les moyens actuels de réanimation, tels que le massage cardiaque, permettent*

*de ramener à la vie des malades dont le cœur était arrêté.*
*D'autre part, chez certains malades, la survie de certains organes, notamment l'ensemble cœur-poumons, par des dispositifs artificiels (cet ensemble cœur-poumon étant remplaçable par un cœur-poumon artificiel qui remplace la circulation sanguine et l'oxygénation du sang), peut être maintenue bien que soient déjà morts, d'irréversible façon, d'autres organes essentiels à la vie, tels que le système nerveux.*
*Si les anciens procédés, restent valables pour la majorité des constats de décès, ils peuvent ne plus être applicables à certains des cas qui viennent d'être rappelés.*
*Pour ces cas-là, le recours à de nouveaux critères de la mort est indispensable.*
*Après consultation du Conseil de l'Ordre des Médecins, de l'Académie de Médecine et de la commission des autopsies, conformément aux dispositions de l'arrêté du 2 avril 1954, modifié par l'arrêté du 15 novembre 1961, je précise que le constat d'un sujet soumis à une réanimation prolongée sera établi après consultation de deux médecins, dont l'un sera obligatoirement un chef de service hospitalier ou son remplaçant dûment autorisé, secondé, chaque fois qu'il apparaît*

*désirable, par un spécialiste d'électro-encéphalographie. Ce constat sera basé sur l'existence de preuves concordantes de l'irréversibilité des lésions incompatibles avec la vie...»*

Ces *preuves concordantes* devraient résulter, selon la circulaire du 24 avril 1968, des facteurs suivants:

1. *L'analyse méthodique des circonstances dans lesquelles se sont produits les accidents.*
2. *Le caractère entièrement artificiel de la respiration entretenue par le seul usage des respirateurs.*
3. *L'abolition totale de tous les réflexes, l'hypotonie complète, la mydriase.*
4. *La disparition de tout signal encéphalographique (tracé nul, sans réactivité possible) spontané ou provoqué par toutes stimulations artificielles pendant une durée jugée suffisante chez un patient n'ayant pas été induit en hypothermie, et n'ayant reçu aucune drogue sédative.* (Mais comment le savoir avec précision?)

On voit donc que tout alambiqué que soit le texte législatif, il laisse une large place à la subjectivité des médecins pour apprécier qu'il y a ou non mort ou lésions irréversibles justifiant l'arrêt de la réanimation. C'est d'ailleurs ici qu'apparaît de plus en plus inquiétant le pouvoir laissé à l'Ordre des Médecins et à l'Académie de Médecine.

On se souviendra, sans autre commentaire, que

l'Ordre des Médecins a été créé par le gouvernement de Vichy dans le cadre du Corporatisme, en définissant l'éthique de la « maison » — éthique à laquelle elle reste encore fidèle aujourd'hui — conservatrice et réactionnaire, loin de la véritable vocation de la médecine...

Le texte de la loi insiste sur l'impératif de la concordance de ces divers signes cliniques et électroencéphalographiques. *(« L'absence d'un seul de ces signes ne permet pas de déclarer le sujet mort ».)*

Comme si l'ensemble permettait de l'affirmer, ce qui semble aberrant en regard de l'Histoire. Par ailleurs, le texte donne des détails d'ordre administratif, à propos par exemple de l'établissement du certificat de décès, et ajoute :

> *« La constatation du décès du sujet maintenu artificiellement en vie autorise la suspension des manœuvres de réanimation cardio-respiratoires.*
> *Aucun prélèvement d'organe ne peut être envisagé avant que le décès ait été dûment constaté comme il vient d'être défini.*
> *Dans le cas où, après un constat de décès, un prélèvement d'organe est envisagé à des fins thérapeutiques, la poursuite des manœuvres de réanimation peut être autorisée afin de ne pas interrompre prématurément l'irrigation de l'organe à prélever.*

*Dans ce cas, je précise que le médecin ou le chirurgien appartenant à l'équipe utilisatrice de l'organe prélevé ne peut en aucun cas être l'un des deux médecins cosignataires du constat et du certificat de décès...»*

Tout cela signifie, point très important, que « dans l'attente de nouvelles instructions », la circulaire ministérielle du 3 avril 1978 (donc la plus récente) impose aux praticiens l'application d'instructions dictées dix ans plus tôt (le 24 avril 1968), sans élargir la gamme des méthodes recommandées par le passé ; autrement dit sans préconiser les nouveaux procédés mis au point et testés entre-temps... Ce qui semble vraiment *effrayant*.

Et la responsabilité en incombe uniquement à l'Ordre des Médecins qui détient en fait le monopole d'agrément des méthodes.

*Le certificat de décès.*

Les personnes susceptibles de faire l'objet d'un prélèvement d'organe bénéficient, d'après la loi, de certaines garanties qui peuvent laisser espérer qu'elles ne seront pas les victimes d'un diagnostic de mort erroné. En effet, lorsqu'on dispose du corps d'un individu considéré comme décédé pour sauver la vie d'un autre, on fait le plus souvent appel aux hospitaliers, et cela pour des raisons d'ordre pratique bien compréhensibles, d'autant que c'est tout de même en milieu hospitalier que l'on s'entoure de plus de garanties en ce qui concerne la mort réelle.

Selon les statistiques, 78 % des agonisants meurent en France dans les hôpitaux. *Et, à moins de s'y être formellement opposé de son vivant, chacun d'entre eux devient ainsi un « donneur d'organes » potentiel, et risque en vertu de la loi du 22 décembre 1976 de se voir prélever un ou plusieurs organes.*

Dans la pratique, la majeure partie des hospitalisés en état de mort apparente reste exposée au risque de faire l'objet d'un diagnostic de mort subjectif et dépendant essentiellement de l'appréciation des médecins et de *leurs besoins d'organes à transplanter*. Or, un tel diagnostic est totalement incompatible avec les réalités médicales actuelles. Il en va de même, voire à plus forte raison, des diagnostics de mort prononcés en dehors du milieu hospitalier (22 % des cas). Risquent-ils d'être faussés, non seulement à cause de l'impossibilité de procéder aux vérifications, pas toujours probantes du reste, qu'assurent des appareils spéciaux, mais aussi du fait que — sauf s'il s'agit d'une « mort suspecte », autrement dit qui semble d'origine criminelle, la législation actuelle se contente encore de l'avis d'un seul médecin.

En pratique, cela revient à dire qu'un individu se

trouvant à la frontière de la vie et de la mort, et selon la nécessité ou non d'une transplantation urgente, peut être déclaré « autopsiable » et « prélevable » ou pas, avant que ne soit effectué le « grand passage » et l'agonie complète. Il suffit pour cela du simple avis de quelques médecins constituant d'ailleurs souvent des équipes solidaires et cohérentes, et dont les intérêts se rejoignent ; cela sans qu'aucun appareil vienne donner la garantie absolue que le sujet ne serait pas susceptible éventuellement de récupérer la totalité de ses fonctions vitales.

Il ressort de tout cela trois conclusions évidentes :

1. Chaque individu doit pouvoir disposer de sa vie et de sa mort et le préciser par avance, afin qu'en cas d'accident il en soit fait selon ses volontés et non celles du pouvoir médical.

2. Il n'est plus possible que le pouvoir médical, incarné par l'Ordre des Médecins, puisse faire de nous une société de zombies prisonnière d'une caste de seigneurs qui régiraient la naissance, la vie et la mort de chacun, selon ses opinions et ses critères de morale personnels.

3. Il est nécessaire de modifier d'urgence la législation concernant le certificat de décès. L'article premier du décret du 28 mars 1960 précise que *« l'officier d'état civil ne peut délivrerle permis*

*d'inhumer qu'au vu d'un certificat établi par le médecin qu'il aura chargé de s'assurer du décès.* »

Ce décret est toujours en vigueur. Mais les municipalités qui ont désigné un médecin spécialement chargé de vérifier à domicile les causes du décès sont très peu nombreuses, et très peu font systématiquement appel à un médecin légiste.

Le médecin d'état civil (celui qui est désigné par la municipalité) est tenu d'examiner le corps, de vérifier si les causes du décès sont naturelles, et, en cas de doute — c'est-à-dire si les symptômes laissent supposer un acte criminel —, s'abstenir de délivrer le certificat de décès. Si le décès semble résulter d'un acte criminel, on ordonnera une autopsie, qui achèvera le sujet presque mort s'il ne l'est pas complètement. Cette « opération » implique naturellement l'intervention d'un deuxième médecin : le légiste.

Partout en France où les municipalités n'exigent pas la démarche spécifique d'un médecin d'état civil, n'importe quel praticien, le plus souvent le médecin traitant, est autorisé à accomplir les formalités nécessaires.

En cas de « mort suspecte », tout comme le médecin d'état civil, ce praticien (le médecin traitant) a le devoir de refuser la délivrance du certificat de décès. Dès lors, c'est habituellement un deuxième médecin, mandaté par l'autorité compétente, qui intervient. De telles pratiques démontrent que si le législateur attache une importance considérable à la lutte contre la criminalité, *il ne considère pas pour autant le constat de décès comme un acte nécessitant la mise en œuvre de tous les moyens nécessaires pour détecter des signes éventuels de survie.*

En l'absence d'indices pouvant laisser supposer un acte criminel, il suffit de l'avis d'un seul médecin pour qu'une personne soit officiellement cataloguée comme morte enterrable, voire autopsiable. Ni le médecin d'état civil, ni le praticien convoqué au chevet du défunt ou du présumé mort ne sont tenus de se servir des méthodes modernes qui pourraient tenter de confirmer, ou tout du moins de mieux justifier l'hypothèse d'un décès.

En conclusion, sauf si l'on envisage un prélèvement d'organes, la législation fait totalement abstraction de la notion de *« mort apparente »* — dont nous avons déjà démontré qu'elle était un état fréquent de confusion avec la mort réelle.

La législation se fie donc uniquement à la compétence d'un seul médecin, et ne prévoit aucune disposition particulière pour qu'au moment du constat de décès le médecin veille au respect de la vie humaine avec le même acharnement et la même technicité qu'au cours des différentes phases du traitement d'une maladie quelconque.

Cet abandon d'espoir devant l'apparence de la mort est une notion assez moderne et assez scandaleuse. Notion qui s'est considérablement développée depuis les premières découvertes sur le coma dépassé, depuis l'apparition de la possibilité légale d'arrêter un appareil de réanimation pour un sujet dont le cœur bat encore, depuis que la religion régresse et que l'espérance d'une autre vie dans l'au-delà diminue en même temps que les pratiques religieuses, et depuis que le pouvoir médical essaie, avec succès semble-t-il, de remplacer la morale religieuse par une « morale médicale » dictée par l'Ordre des Médecins.

Cette situation paraît d'autant plus inadmissible que, dans la pratique, il est arrivé, notamment s'il s'agit d'une maladie ou d'une lésion communément considérée comme mortelle, qu'un simple examen à vue, sans auscultation ni contrôle scientifique, paraisse suffisant au médecin pour remplir et signer ce certificat « bleu » qui raye définitivement un être de la liste des vivants.

Le dépeçage obligatoire, comme en Angleterre ou l'obtention du permis de conduire est subordonné à l'accord écrit autorisant le prélèvement d'organes, n'est-il pas un retour à la barbarie, ou à la poursuite d'un rêve mythique de science-fiction qui aboutirait à la destruction du monde par un pseudo-modernisme de cauchemar ?

## *Le délai d'inhumation*

La bonne foi d'un médecin appelé à constater un décès ne diminue en rien l'ampleur des conséquences fatales d'une appréciation erronée. En possession du certificat de décès, l'officier d'état civil, c'est-à-dire l'employé municipal, délivre en effet le permis d'inhumer. Le corps est confié aux Pompes Funèbres, et tout se déroule alors vite, très vite, parfois trop vite... !

Les délais d'inhumation préconisés ou ordonnés par les autorités ont varié en France selon les époques. L'inhumation immédiate a pu être motivée jadis par des impératifs de salubrité publique, dans les périodes d'épidémies. De multiples exemples de « résurrection » ont été constatés au cours des siècles, exemples qui ont amené à conseiller une prudence extrême. Aussi a-t-on essayé d'accorder une « dernière chance » à tous ceux qui étaient déclarés morts. On a donc exigé que, dans la mesure du possible, un ou plusieurs jours se passent avant l'enterrement. Respectant cette tradition, le Code Civil de 1804 a fixé dans son article 77 un délai officiel minimum de vingt-quatre heures. Aujourd'hui, en ce qui concerne l'incinération, qui constitue le moyen le plus efficace de se débarrasser d'un cadavre sans espoir de retour, les dispositions du 18 mai 1976, émanant du ministère de la Santé, précisent ce qui suit :

ART. 22-2. *La crémation doit avoir lieu si le décès s'est produit en France, vingt-quatre heures au moins et six jours au plus après le décès.*
*Si le décès a eu lieu à l'étranger ou dans un territoire d'Outre-Mer, six jours au plus après l'entrée du corps en France. Les dimanches et les jours fériés ne sont pas compris dans le calcul de ces délais.*
*Des dérogations aux délais prévus à l'alinéa précédent peuvent être accordées, en raison de circonstances particulières, par le préfet du département du lieu de la crémation, lequel prescrit éventuellement toutes dispositions nécessaires.*

L'article 23-3 du même décret prévoit des conditions analogues pour l'inhumation ou le dépôt en caveau provisoire, c'est-à-dire la mise dans la terre en cercueil ou la mise en caveau souterrain, sur les rayons réservés à cet effet, sans que quelqu'un ne recouvre le cercueil.

Il en résulte que, théoriquement du moins, toute personne victime d'un diagnostic de mort erroné disposera désormais d'un délai de « vingt-quatre heures au moins et de six jours au plus » * pour « se manifester ». Nous allons voir plus loin que la vie s'est parfois manifestée bien plus tard, et que les sujets sont entiè-

* « Sans tenir compte des dimanches et jours fériés » ! Pourquoi ?

rement revenus à la vie, ce qui donne à penser que d'autres se sont réveillés aussi, mais sous terre ou enfermés dans le cercueil métallique du caveau, ou dans les flammes du crématorium.

*Où est donc la mort aujourd'hui ?*

« La mort est, en effet, à beaucoup d'égards, un état provisoire et, comme la maladie, elle peut être guérie. Dès lors, on peut parler de crise ou d'attaque de mort, et établir une distinction entre quelqu'un qui est « un peu mort » et quelqu'un qui est « très gravement mort ». Envisager la mort de cette façon aide à résoudre le problème philosophique posé par les psychologues dans l'analyse profonde de nos réactions en face de la mort.

Quelle est la durée de la mort ? Et combien de temps une créature doit-elle rester en vie pour que nous la considérions comme un être vivant ?

De toute évidence, la réponse à la seconde question est : « juste le temps nécessaire pour constater qu'elle est vivante ». Si la créature vient à mourir, cela n'infirme d'aucune manière l'observation initiale. Or cette même logique n'est jamais appliquée à la mort.

Si une créature considérée comme morte revient à la vie, nous décrétons que l'observation originale était une erreur.

Les racines du problème plongent dans nos traditions culturelles, linguistiques, sociales, médicales et psychologiques, traditions qui nous poussent à associer la mort d'une façon étroite et rigide à la notion d'irrémédiable.

Il n'y a pas de cause unique de mort, et, de même que l'on découvrira des thérapeutiques contre le cancer, on mettra au point des remèdes contre la mort, mais cela n'empêchera pas les gens de continuer à mourir.

En tout état de cause, la situation actuelle nous permet de dire que la mort s'est révélée totalement rebelle à tout disgnostic. Aucun des symptômes traditionnels n'est acceptable, et l'histoire est pleine d'exemples qui montrent que se fier à l'un ou l'autre d'entre eux conduit inévitablement à une sorte de confusion dans laquelle les êtres vivants sont condamnés à un sort pire que la mort. La vie et la mort se mêlent d'une manière imperceptible, mais la vie étend toujours ses limites.

Il est clair qu'il y a des degrés dans la mort, et que beaucoup sont réversibles. La mort apparaît moins comme un état définitif que comme une affection temporelle. Ce qu'on a appelé mort n'est rien de plus qu'un changement d'état parfois curable. La mort en soi n'a aucune réalité médicale logique, et n'existe que comme une construction de l'esprit valable dans les relations entre personnes.» (Docteur Pierre Péron).

Mais il y a pire encore: la pratique des soins de conservation — embaumements par injection de formol rosé, par exemple — risque de produire, chez un sujet qui ne serait pas encore complètement entré dans la mort, une intoxication définitive et fatale.

En revanche, le dépôt du corps dans un compartiment frigorifié à la morgue, pendant les derniers jours qui précèdent l'incinération ou l'inhumation, n'exclut pas inéluctablement toute éventuelle possibilité de «résurrection inattendue» et, nous le verrons, certains vivants d'aujourd'hui sont ressortis du tiroir de la morgue.

## CHAPITRE VII

# *La mort apparente à travers les âges*

La mort apparente, pourrait-on objecter, n'est peut-être qu'un mythe, ou que quelques cas sensationnels. Il ne faudrait donc pas généraliser, et mieux vaudrait parler de « miracles » plutôt que de faits quasi quotidiens.

Pourtant, au mois d'octobre 1978, alors que le projet de ce livre était déjà soumis à l'éditeur, deux coïncidences paraissaient confirmer l'éternelle actualité du problème des enterrés vivants. D'abord, la BBC diffusait une information concernant la subite résurrection d'un Anglais déjà transféré à la morgue. Ensuite, le TNP programmait, au Théâtre des Amandiers de Nanterre, *Périclès, prince de Thyr,* cette pièce où Shakespeare raconte, entre autres, comment une jeune femme mise en bière est ranimée grâce aux soins d'un médecin averti de la Ville des Morts.

Un fait divers d'aujourd'hui et une fable d'hier — inspirée sans doute de la réalité quotidienne de l'époque — se rejoignaient donc pour mettre en relief le rôle inquiétant du médecin qui devient, lorsqu'il effectue un diagnostic de mort, une sorte de juge suprême et pourtant faillible.

De la plus haute antiquité à nos jours, la crainte d'être enterré vif se manifeste d'autant plus qu'elle est entrenue à la fois par les récits romanesques, par les multiples témoignages des chroniqueurs, des historiens, des médecins, et par ceux qui témoignent de l'au-delà, ceux qui communiquent depuis le Royaume des Morts avec les vivants, les vivants qui communiquent avec le Royaume des Morts.

## *Quelques cas célèbres*

Le médecin romain Forestus mettait en garde ses confrères contre les diagnostics de mort prononcés à la légère. Il insistait notamment au sujet des noyés. Il alerta l'opinion publique en signalant qu'on avait vu revenir à elles et revivre des personnes submergées pendant quarante-huit heures.

Selon des biographies tout à fait dignes de foi, le grand poète Pétrarque (1304-1374) resta en état de mort apparente pendant vingt heures, vers sa quarantième année. Il aurait été enterré à la fin du laps de temps fixé par les réglementations locales de l'époque, si un brutal changement de température atmosphérique ne l'avait soudain réveillé et fait asseoir tout droit dans son lit.

L'historien J.A. Paris relate qu'en 1552 le célèbre anatomiste André Vésale était en train de disséquer le corps d'un gentilhomme espagnol, lorsque celui-ci se dressa sur son séant en hurlant. Si le « décédé » se remit complètement, l'anatomiste, lui, fut traduit devant le Tribunal de l'Inquisition... et condamné à mort pour son erreur.

Le secrétaire de l'Académie Royale de Chirurgie, le chirurgien Louis, a relaté, au XVIIIe siècle, le cas d'une jeune fille estimée morte et veillée par un religieux avant l'enterrement prévu pour le lendemain. Attiré par la beauté de cette jeune personne, le « saint homme » succomba à la tentation...! La prétendue « défunte » ressuscita sous les assauts du moine, et s'éveilla complètement après le départ de celui-ci. Neuf mois plus tard, elle mit au monde un enfant, à son grand étonnement et à celui de ses parents.

Si *Manon Lescaut* poursuit sa brillante carrière, peu nombreux sont les lecteurs de ce roman, paru pour la première fois en 1731, qui savent que son auteur, l'abbé Prévost, a retrouvé un jour la vie dans des circonstances horribles : sous le scalpel d'un anatomiste qui s'apprêtait à le disséquer...

Toujours au XVIIIe siècle, l'anatomiste danois Wislaw échappa à deux reprises (enfant puis adolescent) aux médecins et aux fossoyeurs trop pressés. Il publia à Paris, en 1740, une dissertation *Ab mortis incerta signa minus incerta a chirurgicis quam ab aliis experimentis,* qui connut un très grand retentissement, et dont Bruhier d'Ablincourt donna une traduction commentée dans un opuscule intitulé : *De l'incertitude des signes de la mort.*

Quant au révérend Schwartz, l'un des premiers missionnaires envoyés en Orient, il fut tiré d'une mort apparente à Delhi par les accents de son hymne favori. Réunis autour du catafalque, les fidèles célébraient les rites ultimes, lorsque la voix de celui qui « montait à la rencontre du Seigneur » vint du cercueil se joindre au chœur...! (Cité par W.R. Hadwen).

Le célèbre chimiste Chaptal a laissé le récit autobiographique suivant : « ... Un jour, Pressine vint m'annoncer qu'il venait de porter un cadavre dans son amphithéâtre particulier. Nous nous y rendîmes de suite ; je trouvais le cadavre d'un homme mort depuis quatre ou cinq heures. Je me mis en devoir de le disséquer. Mais, au premier coup de scalpel sur les cartilages qui tiennent les côtes au sternum, le cadavre porta la main droite sur le cœur et agita faiblement la tête ; le scalpel me tomba des mains, je m'enfuis de terreur... »

Dans un discours prononcé le 28 février 1866 devant le Sénat de l'Empire français, le cardinal Donnet, archevêque de Bordeaux, déclara: « J'ai, moi-même, dans un village que j'ai desservi au début de ma carrière pastorale, empêché deux inhumations de personnes vivantes. L'une d'elles vécut encore douze heures, et l'autre revint complètement à la vie. Plus tard, à Bordeaux, une jeune femme passait pour morte: elle est devenue épouse et mère. » Puis il confia à son auditoire qu'il avait, lui aussi, failli être enterré vif: en 1826, lors d'un sermon dans la cathédrale de Bordeaux, il s'affaissa subitement. On constata son décès et il aurait été inhumé le lendemain si, en fin de journée, il n'avait retrouvé la voix et alerté son entourage par ses gémissements...

Un autre prélat, Nycéphore Glycas, évêque de Lesbos, était exposé depuis deux jours dans l'église de Methymni, lorsqu'il se dressa brusquement et demanda aux fidèles en deuil qui défilaient devant lui ce qu'ils regardaient d'un air si hébété...

Le docteur M. Julia de Fontanelle fit le récit d'une aventure dont quelques étudiants de la faculté de Médecine de Toulouse avaient été les protagonistes. Le corps d'un pendu, acheté pour faire l'objet d'une dissection, avait été transporté en ville et laissé seul pendant quelque temps... A leur retour, les étudiants constatèrent que le « cadavre » avait réussi à grimper sur une chaise et ne demandait que des soins pour se rétablir complètement...

P. Le Cler, ancien principal du collège Louis-le-Grand, raconte que la sœur de la première femme de son père avait été enterrée avec une bague au doigt dans le cimetière public d'Orléans. La nuit suivante, un domestique ouvrit le cercueil et, ne pouvant faire glisser la bague hors du doigt, décida de couper celui-ci. La femme hurla de douleur. Le voleur épouvanté s'enfuit ; la malheureuse se débarrassa alors de son linceul, retourna chez elle et survécut à son mari, après lui avoir donné un héritier. (Cité par Bruhier-Wislaw et Ph. Ariès).

En septembre 1827, le docteur Joffre (de Villeneuve-de-Berg, en Ardèche) est appelé au chevet d'une femme dont les jours semblent menacés par une hémorragie utérine très abondante. Au terme de longs efforts, il parvient à arrêter l'hémorragie, mais celle-ci reprend après son départ. Reconvoqué d'urgence, le médecin trouve la famille en pleurs, et qui lui annonce que la malade est morte depuis une demi-heure environ. Alors le docteur Joffre soulève le drap mortuaire, examine la « trépassée » très attentivement, et lui titille l'intérieur des narines avec une plume. Puis il lui met sous le nez et près des yeux un flacon d'alcali volatil. La prétendue morte fait alors un mouvement... « Je redoublai de soins auprès d'elle, et j'eus bientôt la satisfaction de la rappeler à la vie. Aujourd'hui, cette femme est en parfaite santé », écrira le docteur Joffre.

Nous verrons plus loin que le professeur Vincent a toujours affirmé que les états hémorragiques avancés pouvaient entraîner une telle polarisation de l'organisme, que les apparences de la mort étaient toutes réunies, mais que ces états étaient souvent réversibles.

Un autre cas célèbre de réanimation inattendue et peu orthodoxe est celui dont bénéficia Luigi Vittori, un carabinier au service du pape Pie IX. Sa mort fut constatée dans l'hôpital de Rome à la suite d'une crise d'asthme prolongée. Mais un médecin, plus sceptique que les autres, tendit une flamme vers le visage du « décédé » qui revint à lui. Le « mort » reprit par la suite son service au Vatican, mais conserva toute sa vie une cicatrice de brûlure au troisième degré au bout du nez.

Ces exemples démontrent que la fameuse « insensibilité totale » peut se dissiper au bout d'un certain temps, comme ce fut le cas pour le cataleptique anglais John Mac Intyre, pour l'abbé Prévost, ainsi que pour les « victimes » de l'anatomiste Vésale et de Chaptal, qui donnèrent des signes de vie au contact du scalpel ou aux changements de température. Mais ces exemples attirent surtout l'attention sur la nécessité de ne jamais procéder avec trop de précipitation aux dissections, de même qu'aux prélèvements d'organes, soins de conservation et embaumements, mises en bière, inhumations ou incinérations. Ils justifient à eux seuls, en outre, la démarche professionnelle et humaine de certains médecins qui, sans se laisser induire en erreur par les apparences, s'acharnent à lutter contre la mort.

## *La sagesse des anciens*

La hantise d'être enterré vivant s'est manifesté depuis la nuit des temps et à travers les âges de façon constante, permanente et plus ou moins vive, mais elle s'est toujours traduite par des coutumes et des lois, ainsi que par des dispositions testamentaires, et par la répétition, dans les ouvrages médicaux, de conseils de prudence concernant le diagnostic de la mort.

Les Perses, selon Hérodote, enterraient les corps uniquement lorsque les oiseaux de proie étaient attirés par l'odeur qu'ils répandaient. Un tel usage survit de nos jours aux Indes, où l'on va encore plus loin. A Bombay, par exemple, comme le signale le docteur Aimé Benichou, les corps sont déposés dans une enceinte située au cœur même de la ville, afin que les oiseaux de proie puissent s'en repaître à leur gré.

Les Juifs ont longtemps conservé l'habitude d'enterrer rapidement leurs morts ; mais Marc Hertz s'est élevé contre cette pratique : « On retrouve dans le Talmud des exemples d'asphyxiés qui ont été rendus à la vie, et ce livre, en ordonnant comme mesure de police de ne pas laisser passer la nuit aux morts, n'a voulu désigner que ceux dont la mort était parfaitement constatée. Il est évident que dans un cas douteux, il vaut infiniment mieux conserver un jour ou davantage le corps d'un homme privé de la vie, plutôt que de s'exposer au danger d'ensevelir un homme vivant. »

Les tyrans de Syracuse, en Sicile, avaient fait construire dans la nécropole établie sur les falaises au bord de la mer d'énormes tombes-baignoires, d'un mètre de hauteur, posées sur le sol, recouvertes d'un couvercle de pierre de dix centimètres d'épaisseur, mais dont les parois verticales étaient percées d'orifices d'aération. Les dépouilles y étaient déposées en leur linceul. Si ces morts apparents (il s'agissait en général de victimes de noyades) se réveillaient, ils pouvaient s'asseoir, se restaurer (des provisions placées dans des pots de terre se trouvaient à l'intérieur de ces tombes), et appeler au secours les gardiens qui faisaient des rondes à intervalles réguliers, par règlement royal. De telles mesures de précaution étaient justifiées par les observations des médecins grecs Démocrite et Diogène qui parvenaient à réanimer, dans certains cas, des noyés de plus de vingt-quatre heures. Les médecins modernes feraient bien, de temps à autre, de relire les anciens.

Lycurgue ordonna aux Spartiates de ne pas procéder aux inhumations avant le onzième jour des lamentations.

De son côté, Platon, après un séjour de douze années en Egypte, demanda aux Athéniens — selon Dilhérue — de garder les corps jusqu'au troisième jour « pour s'assurer pendant ce temps de la réalité de la mort ».

Les Romains conservaient les corps pendant sept jours, et faisaient de nombreuses tentatives pour constater le bien-fondé du discours de la mort. Dans un ouvrage paru en 1581, Claude Guichard décrivit ces diverses épreuves : « ... Un peu après que le proche ou singulier ami avait sillé les yeux au trépassé, l'on ouvrait la chambre de toutes parts et y laissait ceux qui vouloyent, de la famille ou du voisinage : là où ils se mettoyent trois ou quatre ensemble à crier le défunt par plusieurs fois et fin voyant qu'il ne respondoit mot, sortoyent et divulgoyent le trépas. Ils (les auteurs romains auxquels se référait Guichard) adioustent encor avec Servie Honorat, qu'on usa depuis de laver le corps d'eau chaude, voire bouillante, devant que faire faire ceste dernière conclamation, pour autant que plusieurs estants ici posés sur le bûcher ardent, avoyent monstré signe de vie sans pouvoir êtrc rccous. Ce que les autres ont escrit me semble plus vraysemblable, sçavoir est, que les parents assemblés en la chambre du trépassé venoyent à eclasser d'eau fresche contre la face, l'appelans par intervalles et à remises, jusqu'à trois diverses fois par son nom. Ce qu'ils faisaient à l'adventure, de peur qu'on ne l'ensevelist comme mort, où il ne serait surpris d'une syncope ou défaillance à laquelle ceux qui sont saisis perdent tout sentiment et ressemblent proprement à des personnes trespassées. Quand doncques ont l'avait baigné et arrousé par plusieurs fois, sans qu'il y eut nulle apparence de vie, alors les assistants se prenoyent à la hucher par son nom à haute voix. Voyans après que cela ne proffitait rien et que la chose estait réduite hors d'espoir, le proche parent alloit donner au lict le dernier baiser au décédé. »

Pour réveiller les morts, s'ils n'étaient qu'endormis, les Chinois avaient l'usage d'arrêter plusieurs fois la marche du convoi funèbre, et, à chaque pose, de secouer rudement le linceul.

Les Tartares ne portaient leurs morts au lieu de sépulture que trois jours après le décès présumé. Ils les enterraient dans une fosse peu profonde en leur laissant la tête à découvert.

Les rites funéraires propres à la chrétienté constituaient, du moins dans leurs formes les plus anciennes, un reflet des traditions romaines : conclamation (rappel par trois fois et à voix haute du nom du défunt présumé, « ad ejus necessitatem et honorem »), toilette et exposition du corps à visage découvert, lamentations des pleureuses (pour « réveiller » le mort), délai de plusieurs jours avant l'inhumation ou l'incinération... (Aujourd'hui encore le protocole de l'Eglise veut que le pape, sur son lit de mort, soit interpellé trois fois par son nom de baptême).

En Bretagne, les pleureuses existent encore. En Russie, de telles coutumes ont été respectées jusqu'à la Révolution d'Octobre. C'est ainsi que le 20 novembre, Tolstoï fut appelé trois fois par le médecin qui lui apportait les derniers soins dans la gare où il agonisait, avant que les pleureuses ne se mettent à hurler les lamentations.

Une cérémonie particulière aux Luthériens de Saxe consiste à ouvrir la bière au moment où on va la descendre dans la fosse et à regarder le mort pour voir s'il ne donne vraiment plus aucun signe de vie.

En Suisse protestante, et plus particulièrement à Genève, existaient des « inspecteurs des morts », établis dès 1545 par Calvin.

En Bavière, l'un des principaux fiefs du haut catholicisme allemand, il y avait à Munich un énorme bâtiment gothique où les morts étaient rangés en longues files, tous reliés par des cordes qui aboutissaient à des clochettes situées dans le bureau central du gardien...

On notera que dans l'Italie moderne les sépulcres sont parfois de hauts immeubles, sans portes ni fenêtres, où sont rangés les tombeaux qui sont inspectés régulièrement. En Amérique aussi, les cimetières ont bien souvent cette allure et cette disposition.

La fin de ce que quelques historiens stupides ont appelé « l'obscurantisme » du Moyen Age n'a pas mis un terme à l'obsession de beaucoup de fidèles, qui craignaient ou espéraient une « résurrection » après avoir reçu les derniers sacrements. Rien que dans la France du XVIIIe siècle, de nombreuses dispositions testamentaires en témoignent :

« Je veux et j'ordonne que, vingt-quatre heures après mon décès, mon corps soit ouvert, embaumé et mis dans un cerceuil de plomb... » (1652).

« Que mon corps soit ensevely trente-six heures après mon décès, mais pas plus tôt » (1662).

« Que l'on me laisse deux fois vint cate heures dans le mesme lict où je mourray... » (1690).

« Je veux et recommande que l'on ne m'ouvre point et l'on me laisse deux fois vingt-quatre heures dans le même lit » (marquise Françoise Amat, 1690). Etc.

A la même époque, en Allemagne, excédé de l'imprudence et de l'incurie de l'Etat et du Clergé, un médecin luthérien de Dresde, L.C.F. Garmann, faisait paraître un ouvrage intitulé *De miraculis mortuorum* pour attirer l'attention de l'opinion publique sur le danger d'être enseveli vivant.

Encore en France, au XVIII^e siècle, abondent les vœux ultimes dictés par le souci de ne point mourir asphyxié dans le cercueil :

« Qu'après mon décès, mon corps soit gardé pendant trois jours avant d'être inhumé » (1768).

« Je veux être ouverte quarante-huit heures seulement après mon décès, et que l'on me laisse pendant ce temps dans mon lit » (comtesse de Sauvigny, 1771). Etc.

L'Eglise et les autorités civiles semblent alors comprendre la gravité du problème et prennent des dispositions en réponse à la peur d'un enterrement prématuré. Les évêques imposent un délai de vingt-quatre heures, correspondant à celui en général prévu par les testateurs. En 1743, Bruhier propose l'institution d'inspecteurs des morts. En 1792, la loi exige que les décès soient vérifiés par deux témoins... Et d'ailleurs, l'ère nouvelle qui s'ouvre avec la Révolution prend des mesures administratives destinées à diminuer le nombre des enterrés vivants. Ainsi, un arrêté du 21 Vendémiaire de l'an IX fait-il les recommandations suivantes :

*Les personnes qui se trouveront auprès d'un malade au moment de son décès présumé éviteront à l'avenir de lui couvrir son visage, de le faire enlever de son lit pour le déposer sur un sommier de paille ou de crin, et de l'exposer à un air trop froid...*

Toujours à la fin du XVIIIe siècle, on préconise l'institution de lieux de dépôt où les corps resteraient sous surveillance jusqu'au début de la putréfaction, afin que l'on puisse acquérir ainsi la certitude de la mort.

La préfecture de la Seine ordonne effectivement l'ouverture de six « maisons funéraires » pour y exposer les corps avant l'inhumation ; mais cet arrêté n'est pas exécuté, il sera annulé par un décret impérial en date du 18 mars 1806.

Un projet analogue se concrétise cependant en Allemagne : des « Vitae dubiae azilia », autrement dit des locaux spécialement prévus pour abriter les personnes pouvant se trouver en état de mort apparente, sont inaugurés en 1791 à Weimar, en 1797 à Berlin, en 1803 à Mayence, et en 1818 à Munich.

Les manifestations d'inquiétude subsistent pendant toute la première moitié du XIXe siècle. Elles sont toujours aussi vives, même si les allusions deviennent plus rares, et les testaments plus discrets sur ce point. Ainsi, en 1855, exprimant ses dernières volontés, Mathieu Mole exige : « Je veux que l'on s'assure de mon décès avant de m'ensevelir par des scarifications et tous les moyens utilisés en pareil cas. »

Puis l'opinion publique se rassure, d'autant que l'article 77 du Code Civil garantit un sursis de vingt-quatre heures et que les « progrès constants de la médecine moderne » semblent mettre tout citoyen à l'abri de ces drames épouvantables, tant de fois survenus au cours des siècles passés ».

Quelle illusion ! Cela continue, mais maintenant dans l'illusion de la sécurité.

CHAPITRE VIII

# *Les morts vivants*

A l'époque de l'épidémie de peur des revenants, et notamment des vampires, à la fin du XVII$^{e}$ siècle et au début du XVIII$^{e}$ c e en Hongrie, en Silésie, en Bohême, en Moravie, en Pologne, en Grèce, on fit jouer à ces « vampires » — en réalité des enterrés vivants — le rôle de boucs émissaires, comparable à celui dévolu aux Juifs en d'autres coins d'Europe durant la Peste Noire, et aux sorcières dans les années 1600. Au total, mieux vaut s'en prendre aux morts qu'aux vivants ! On cherche des otages pour les sacrifier et exorciser les malheurs.

Parfois, quand on entend des bruits monter d'une sépulture, on hurle au vampire, on tranche la tête d'où jaillit un « sang vermeil » (ils sont bien vivants). On cloue ces vampires à la terre avec un épieu plongé dans le cœur, et « parfois ils poussent des hurlements terribles » (ils se réveillent de leur mort apparente avant de mourir, pour toujours cette fois). On replace les corps dans la fosse, en deux parties, en les recouvrant de chaux vive.

Selon le bénédictin Don Augustin Calmet à Mikonos en Grèce à la fin de l'an 1700, un paysan sortait de son tombeau et troublait ainsi la paix de l'île. Dix jours après son enterrement, on le déterra publiquement, un boucher lui arracha le cœur qui fut brûlé (on craignait donc bien qu'il fût encore vivant). Les manifestations continuèrent, affolant la population. A nouveau, on exhuma le cadavre qui, placé sur une charrette « hurlait et se débattait » et on le brûla. Un cadavre sans cœur peut hurler et se débattre, nous dit le professeur Vincent, de même qu'un cœur sans le reste du cadavre peut battre dans du sérum et être transplanté ultérieurement.

Au cours des XVII$^{e}$ et XVIII$^{e}$ siècles, la terreur et la hantise de la mort apparente envahissent les esprits. L'obsession de la mort apparente et l'idée d'être enterré vif ou de se réveiller au fond d'un tombeau font naître une panique universelle dès le début du XVIII$^{e}$ siècle. On reparle des miracles de cadavres, des cris entendus dans les tombeaux.

Baléus (1495-1563) affirme que des bruits s'élèvent du tombeau du pape Sylvestre II, ou pape « Gerbert » *(ossa crepitasse)* toutes les fois qu'un souverain pontife est sur le point de mourir.

A Gutzen, en 1665, on déterre et on ouvre un cercueil d'où proviennent des sons étranges, sans pouvoir déceler quoi que ce soit d'anormal. A peine refermé, il se remet à émettre des bruits macabres.

Le médecin allemand Garman (1640-1708), qui relate ces observations, affirme avoir été lui-même le témoin de tels phénomènes. C'est aussi Garman qui nous parle des Schmaetzende Tode comme d'une puissance macabre et terrible — « Magni aninum tenet suspensum » — annonçant des malheurs. Il s'agit le plus souvent de femmes qui dévorent leurs suaires et leurs vêtements funèbres, en poussant des cris aigus, pareils à ceux des porcs quand ils mangent, d'où ce nom populaire de Schmaetzende Tode. Ces cadavres vivants vont jusqu'à digérer en partie leurs linceuls après les avoir dévorés, et ces manifestations épouvantables sont — dans la croyance populaire — annonciatrices d'épidémies mortelles. Ces étranges constatations se renouvellent très fréquemment : près de Fribourg en 1552, en Lusace et enSilésie en 1553, à Martisborg en 1655, à Schiefelbein en 1581-1582, et ailleurs...

A l'époque, il n'est pas question de secourir ces enterrés vifs, effrayants, magiques, chargés de pouvoirs terrifiants, car ils annoncent — croit-on — le malheur et la soudaine apparition d'une épidémie, souvent la peste.

Dans ces pays, où la terreur ancestrale fait la loi, où

la peur des vampires est fermement ancrée dans l'inconscient de chacun, la violence répond à ces manifestations « surnaturelles ». La population ouvre les tombeaux, déterre les cadavres dévoreurs, leur arrache de la mâchoire le suaire qu'ils avalent et tranche à coups de bêche la tête de l'enterré vif. Elle tente ainsi d'exorciser le malheur et l'abomination annoncés. C'est, bien sûr, toujours un cadavre assez fraîchement enterré, vite repéré par ses cris. Ainsi, ces malheureux enterrés vivants, en état de catalepsie et de polarisation paralysante, sont tués sauvagement. Garman cite par exemple un passage de *Malleus Maleficanum :* « L'un de nous, inquisiteurs, trouva une ville forte quasiment vidée de ses habitants par la mort. Par ailleurs, le bruit courait qu'une femme morte et enterrée avait mangé, petit à petit, le linceul dans lequel elle avait été ensevelie, et que l'épidémie ne pouvait cesser tant qu'elle n'aurait pas mangé son linceul entier et ne l'aurait pas digéré. On tint conseil à ce sujet. Prévôt et maire de la ville, creusant la tombe accusée, trouvèrent presque la moitié du linceul engagé dans la bouche, la gorge et l'estomac, et déjà digérée (preuve que la femme vivait bien encore). Devant ce spectacle, le prévôt bouleversé tira son épée et, coupant la tête, la jeta hors de la fosse et la peste cessa. »

Tout comme Garman a rapporté les « miracles des

cadavres» au XVIIIe siècle, Wislaw, le célèbre anatomiste danois écrit: «Par quelle fatalité des précautions aussi sages que celles des Romains ont-elles été entièrement négligées dans le christianisme?» Il évoquait ici les détails d'ensevelissement et les pratiques destinées à prouver la mort. La répétition d'enterrements des vivants l'indigne: «Une fille d'artisan, jugée morte à l'Hôtel-Dieu, donne des signes de vie pendant qu'on la transfère sur un brancard vers la fosse.»

«Un crocheteur, demeurant rue des Lavandiers, tombe malade et est porté à l'Hôtel-Dieu. Jugé mort, il est transporté à Clamart avec les autres morts du même hôpital et mis avec eux dans la fosse. Revenant à lui sur les onze heures de la nuit, il déchire son suaire, frappe à la loge du portier qui lui ouvre, et revient chez lui...»

Un dénommé Chevalier, chirurgien à Paris, meurt brutalement. Lors de la veillée funèbre, l'un de ses amis, joueur impénitent, lui crie les mots du piquet: «Quinte, quatorze, et le point!» Le mort se réveille.

Un pèlerin de Saint-Sernin meurt à Toulouse, puis ont le transporte à la Dalbade: «Le mort fut mis en dépôt dans cette église, jusqu'au temps marqué pour l'enterrer. Le lendemain, une dévote, faisant ses prières de bon matin, entend remuer dans le cercueil et court épouvantée appeler les prêtres de la confrérie de cette chapelle, chargés des enterrements. On la traite de folle, elle s'obstine, on ouvre la bière, on trouve le « mort » encore vivant, on lui donne les secours mais on a trop tardé, il expire... »

Les morts vivants bretons sont aussi impressionnants que les vampires et plus nombreux. Le Breton vit, encore aujourd'hui, dans la promiscuité surnaturelle de la mort; morts et vivants cohabitent constamment en terre de Bretagne. Tel en témoigne ce récit de *La Main sanglante* recueilli par Anatole Le Braz de la bouche de I. Le Bour à Audierne :

« Un pêcheur de Goulien, dans le cap Sizun, trouva un jour en mer le cadavre d'une noyée. Comme il l'amarrait derrière sa barque pour la remorquer à terre..., le pêcheur vit une belle bague au doigt de la morte. L'anneau ne glissait pas ; il coupa le doigt qui se mit à saigner (noyée encore vivante). Il rentra dans un sillage de sang, enterra la malheureuse dans le sable, et une main amputée vint hanter sa demeure jusqu'à ce qu'il enterre la bague auprès de la femme. »

## CHAPITRE IX

# *La mort et la bio-électronique*

Le problème des enterrés vivants n'a pas été soulevé dans ce livre pour susciter une terreur stérile, mais pour attirer l'attention de l'opinion publique sur un moyen scientifique de diagnostiquer la mort avec plus de certitude que par le passé. L'électromagnétisme, deus ex machina de l'univers, est aussi celui de la vie. Le langage populaire y fait souvent allusion lorsque ses expressions parlent de « coup de foudre », « d'éclair de génie », ou « d'étincelle de vie ».

Aujourd'hui, les facteurs électroniques et l'énergie électrique physiologique deviennent prépondérants en matière de physiologie, de pathologie (mauvais fonctionnement des organes), ou de thérapeutique.

La biologie humaine s'est enrichie d'une nouvelle branche : la bio-électronique. Définie par le professeur Vincent, elle quantifie l'énergie infiniment petite que fournit chaque cellule de l'organisme. Ses applications pratiques, dans le domaine de la vie, ne cessent de s'étendre chaque jour. L'utilisation systématique de cette méthode dans tous les cas douteux pourrait éviter que des victimes d'erreurs humaines — pour ne pas dire médicales — continuent d'être considérées et traitées comme des cadavres, alors qu'on pourrait les rendre à la vie. L'utilisation systématique de la bio-électronique de Vincent, dans tous les cas douteux de mort réelle, éviterait en effet que des victimes (environ 4 % des décès) de l'ignorance soient enterrées vivantes.

Le docteur B. Heuvelmans signale que des médecins du XVIIIe siècle estimaient qu'un tiers, voire la moitié de l'humanité, était enterrée prématurément, et notamment dans les pays nordiques, nous dit le professeur Vincent. C'est pourquoi, en Allemagne, en Pologne, et dans d'autres Etats de la Baltique, on attache depuis toujours un cordon de sonnette à la main droite du mort pour qu'il puisse appeler en cas de réveil. La sonnette, située à l'extérieur, alerte les « vigilants du cimetière ».

Affirmer que les morts apparents ou faux cadavres pensent encore n'est pas une vue de l'esprit. Il s'agit en effet de la « conscience du cervelet », que les Chinois appellent la « fenêtre du ciel », et que les Egyptiens nommaient « l'arbre de vie ».

La bio-électronique de Vincent apporte une nouvelle dimension à la science de la mort et de la vie. En fait, il s'agit d'épargner aux humains la plus abominable, la plus dantesque des fins, surtout à une époque où l'on se vante de respecter les valeurs humaines. Songeons au nombre de grands hommes foudroyés par une subite attaque cardiaque, que la médecine officielle considère comme une mort réelle et définitive, alors que, dans plus de 40 % des cas, elle ne l'est pas.

Ecoutons à ce propos le professeur Vincent : « Il s'agit ici d'une mort par arrêt subit de la circulation sanguine en raison d'un phénomène brutal d'inversion de l'électro-osmose, provoquée par un excès d'oxydation du sang, ou d'une trop grande insuffisance d'électrons conduisant aux thrombi (coagulation par oxydation). Dès lors, le phénomène respiratoire normal est stoppé net et les éléments réducteurs qui envahissent le système végétatif produisent une paralysie aussi foudroyante que sévère, mais qui toutefois n'est pas encore la mort. Tout ce processus, apparemment fatal, pourrait être immédiatement débloqué par des saignées multiples, jugulaires et fémorales, diminuant la masse sanguine et multipliant la division électronique dans le sang. Il est bien évident que pour répandre une telle technique, aussi salutaire que simple, il faudrait d'abord se départir du mépris officiel porté à tort depuis Molière sur une pratique particulièrement efficace. Son mérite, aussi essentiel que capital, est de rétablir l'ordre normal de l'électro-osmose (positif sur positif), c'est-à-dire la circulation par répulsion électrostatique, et qui est le seul concept aujourd'hui acceptable et digne d'être enseigné de la circulation sanguine dans l'être humain. »

En France seule, on compte actuellement une moyenne de 700 crises cardiaques par jour. Aux U.S.A., le total quotidien s'élève à 3500 environ. Un bon tiers de ces « décédés », portés encore chauds « au salon funéraire », pour embaumement et fardage facial après enlèvement des viscères, seront exposés, s'ils ne sont pas totalement morts, au risque de ressentir le couteau des dépeceurs-embaumeurs. Ce qui, selon le professeur Vincent, est le cas de plus de 20 % d'entre eux.

La dilution sanguine réenclenche la circulation malgré le thrombus*, le sang ayant eu entre-temps la possibilité d'absorber du gaz carbonique par arrêt de la respiration, et de se charger en électrons pour que la vie puisse aussitôt repartir.

C'est d'ailleurs à cela que revient la thérapeutique d'urgence la plus actuelle en matière de « choc hypovolémique », choc survenant chez tous les traumatisés, notamment en cas d'ensevelissement dans la

* Caillot coagulé qui bouche les vaisseaux du cœur

terre, et en cas d'accidents cardio-vasculaires et autres pathologies brutales. Le « choc » est un état pathologique qui évolue pour son propre compte une fois le processus initial enclenché, et cela, même si on interrompt sa cause, par exemple si on déterre un enseveli qui déclare se sentir bien, mais dont la tension artérielle baisse déjà dangereusement. Le choc est une succession de phénomènes automatiques. Une fois le premier mécanisme mis en route, tout s'enclenche automatiquement jusqu'à la mort, sans que la cause initiale — blessure par exemple — puisse justifier cette issue fatale. Ainsi, on a vu des sujets démarrer un processus de « choc » après une frayeur et une légère blessure superficielle, et mourir d'un collapsus cardio-vasculaire ; donc, le « choc » évolue pour son propre compte, une fois le processus initial enclenché : brûlure, blessure, peur, commotion. Même si on interrompt la cause première, le choc non-traité aboutit à la mort. La médecine officielle ne fournit aucune explication à cette évolution autonome qui comporte en particulier : hémoconcentration ou diminution de la masse sanguine, hémocoagulation, refroidissement et arrêt circulatoire, la pompe cardiaque paraissant désamorcée. La baisse de température, ou hypothermie, est l'un des signes alarmants les plus évidents.

A l'heure actuelle, seule la théorie de Vincent propose une explication à la pathogénie du choc : il s'agit d'une polarisation massive de l'organisme avec interruption de la circulation par électro-osmose, stagnation intravasculaire et fuite du plasma dans les pores vasculaires par abaissement de la *tensio-activité électrique négative*.

*Les critères bio-électroniques de la vie*

Selon le professeur Louis-Claude Vincent, la vie n'est possible « qu'entre certaines limites étroites d'ionisation (ou de pH), de potentiel d'électronisation (c'est-à-dire d'oxydoréduction exprimée par le rH2), et enfin de résistivité électrique (ou de concentration électrolytique) du sang, exprimé par le rô et cela aussi bien pour les humains que pour les animaux. »

Parallèlement, dans le domaine végétal, les travaux du docteur Jeanne Rousseau démontrent que de semblables limites spécifiques existent sur les broyats cellulaires végétaux ; les chiffres limites étant, bien entendu, d'un autre ordre.

Il en résulte que la vie, animale ou végétale, ne peut exister que grâce à certains facteurs bio-électroniques bien déterminés et spécifiques à chaque espèce vivante.

Le déséquilibre de ces facteurs entraîne la maladie. La mort correspond à un état où les limites biologiques vitales sont dépassées, autrement dit, à un état où les échanges électroniques ne peuvent plus se manifester.

Une telle conception fait songer, évidemment, à l'enseignement multimillénaire de la médecine chinoise, mais elle rejoint les principes modernes de l'électromagnétisme et concorde avec les conclusions de savants, tels que Charles Laville — ancien major de l'Ecole Supérieure d'Electricité de Paris —, Gustave Stromberg — de la Fondation Carnegie (U.S.A.), Fred Vless — professeur à l'Université de Strasbourg, etc.

Déjà exploité sur le plan thérapeutique par Messmer, l'électromagnétisme fut étudié, dans le premier quart du XXe siècle, par Laville, puis, vers 1950, par divers laboratoires de recherche, notamment celui de physiologie de la Sorbonne.

Ces travaux démontraient que toutes les fonctions des sens étaient d'ordre électromagnétique. Qaunt à Stromberg, il effectua des mesures de courant, de 1941 à 1943, prouvant que *tous les être vivants produisent des champs électromagnétiques dont la disparition est synonyme de mort*. Vless et ses collaborateurs orientèrent leurs recherches, en 1943, sur les variations du pH et du rH2 sanguin dans divers états de maladie, ou états pathologiques. Les résultats obtenus ont révélé l'intérêt de telles mesures dans le diagnostic des maladies en général.

La bio-électronique est basée sur le postulat suivant : la vie se manifeste par un système de micro-courants, de vibrations et de champs électromagnétiques, comme le signale le docteur Nicole Ropers, des « interprétations physiologiques actuelles, tant de la circulation du sang que de la polarisation des fibres nerveuses et musculaires, ayant permis les réalisations pratiques de l'électro-encéphalogramme, de l'électrocardiogramme ou de l'électromyogramme ». Elle ajoute que tout cela confirme que « le processus intime de la vie est d'origine électrique ».

*Histoire sommaire de la bio-électronique*

Les autorités locales lui ayant signalé, dans la région nantaise, une multiplication des cancers et des maladies thrombo-emboliques survenue après le remplacement des puits traditionnels par des conduites d'eau, le professeur Vincent (ingénieur de l'Ecole Supérieure des Travaux publics, ingénieur hydrologue, et ancien professeur à l'Ecole d'Anthropologie de Paris) étudia, grâce à ses connaissances de physique, de chimie générale, et d'électro-chimie, les modifications des qualités caractéristiques de l'eau. Il en arriva ainsi à la conclusion que les trois facteurs dont nous avons parlé (pH, rH2, et rô) suffisaient pour caractériser un état de solution, et, par suite, tout état organique dans lequel l'eau représente la part la plus importante (environ 60% en moyenne chez l'homme), et souvent bien plus chez le végétal et l'animal.

Depuis cette découverte, en collaboration avec de nombreux chercheurs, dont le professeur Advier, de la Faculté Française de Médecine de Beyrouth, le professeur Vincent a effectué des milliers de mesures sur des malades, et est parvenu à élargir les possibilités de la bio-électronique à tous les phénomènes vitaux.

Aujourd'hui, la bio-électronique ne se borne plus à distinguer entre elles la mort réelle de la mort apparente : elle trouve des applications dans les domaines suivants :

1. En médecine, dans la détermination instantanée et scientifique des « terrains biologiques », les données concernant l'état de « parfaite santé » et diverses pathologies, le contrôle de l'évolution des maladies, l'action efficace ou dangereuse des médicaments et des traitements, les opérations chirurgicales, les anesthésies, et les interventions chirurgicales proprement dites, les comas prolongés avec recherche des meilleurs médicaments de réanimation et leurs effets mesurés.
2. En prévention : diagnostic précoce des maladies infectieuses, de la tuberculose, des maladies dégénératives (infarctus, thromboses), des maladies

fonctionnelles, des ulcères à l'estomac, des cancers, des névroses, des maladies chronologiques (rhumatismes, vieillissement, etc.).

3. En recherche biologique : mesure des effets sur les organismes vivants des influences extérieures tels que la chaleur ou le froid, le vent, la sécheresse, l'humidité, l'air plus ou moind ionisé, les sons, les infra-sons, les ultra-sons, les hautes fréquences, les courants électriques, les infra-rouges, la lumière, les ultra-violets, les rayons X, les rayons gamma, avant et après que l'organisme ait subi leur influence.
4. En réanimation : contrôle par les mesures bioélectroniques du sang.
5. En matière de pollution : contrôle permanent par enregistreur de l'état de pollution des fleuves, des rivières, des cours d'eau, des bordures de mer, etc.
6. Dans l'agriculture : mesure des terres, des fruits et légumes, des engrais, des insecticides, des fongicides.
7. Dans les recherches agronomiques : détermination rationnelle des meilleurs cultures convenant à un terrain précis, en fonction des mesures bioélectroniques de ce terrain, variation des qualités agricoles selon l'époque de la plantation ou de la récolte, selon les irrigations, les amendements, etc.

8. Dans l'alimentation : contrôle des aliments naturels avec possibilité de dénoncer l'usage des engrais et des produits de traitement de tous ordres, contrôle des détersifs et des produits accessoires de vaisselle, dépistage de leur éventuelle action cancérigène, contrôle des conserves de tous ordres, y compris les aliments réfrigérés et conservés par tous procédés, détermination du pain idéal en fonction des farines, détermination des meilleurs moyens de fabrication ou de conservation des aliments naturels, détermination de la supériorité d'un aliment sur son équivalent en regard de la santé.

La bio-électronique trouve également des applications en bactériologie, notamment dans le contrôle des eaux potables et des eaux usées. Elle devrait, ultérieurement, trouver une large application en médecine vétérinaire.

Outre les personnalités du monde médical et scientifique déjà citées, d'autres médecins, biochimistes, biologistes, ont largement contribué à l'essor de la bio-électronique, tel que le professeur Kémény, le docteur Bosson, le professeur Pollman, le docteur Morell...

Notons enfin, à titre de curiosité, que la bio-électronique revendique la paternité du système de contrôle grâce auquel la NASA a pu vérifier à distance l'état de santé des cosmonautes pendant les vols spatiaux. Le brevet de la NASA se réfère d'ailleurs au brevet de Vincent.

L'une des performances les plus récentes de la bio-électronique dans la mesure du choc électrique consiste à déterminer l'impact du choc électrique produit par un spermatozoïde lors de sa pénétration dans un ovule : 420000 volts. Une telle donnée devrait permettre une étude plus précise des stérilités permanentes ou temporaires. Cette étude bio-électronique est d'autant plus justifiée que, selon les statistiques, 35 % des couples français se révèlent stériles à un moment ou à un autre de leur vie. Enfin, pour la première fois, cette notion de l'étincelle de vie de la fécondité explique pourquoi d'autres spermatozoïdes ne peuvent plus pénétrer dans l'ovule dès la pénétration du premier. C'est tout simplement parce qu'il y a coagulation de la membrane sous l'effet de cette décharge électrique importante mais sans intensité. L'appareil bio-électronique de Vincent peut donc jouer un rôle essentiel dans la lutte contre la dénatalité.

*Eclaircissements complémentaires sur les trois facteurs bio-électroniques*

Les trois facteurs bio-électroniques sont liés aux propriétés de l'eau, soulignent Marie-Odile Moissonier et Thierry Mercier dans une étude parue en 1976, à l'issue du 1er Congrès International de Bio-Electronique Vincent.

Le pH mesure la concentration en ions H+, charge électrique positive de la solution, et donc l'acidité. Pour pH = 7,07 neutralité, existent autant d'ions acides H+ que d'ions alcalins OH-, puisque l'on sait que l'eau (H2O) est formée de molécules dont certaines sont dissociées en ions H+ et OH. Si le pH est inférieur à 7,07, la solution est acide, si le pH est supérieur à 7,07 la solution est alcaline.

Le rH2 mesure le degré d'électronisation à un pH donné de la solution, ou pouvoir de polarisation. Plus le rH2 est faible, plus le gain en électrons est important et inversement, plus le rH2 est élevé, moins il y a d'électrons. Un rH2 égal à 28, indique la neutralité. Si le rH2 est supérieur à 28, la solution est oxydante et positive ; et si le rH2 est inférieur à 28, la solution est réductrice et négative.

Le rô (résistivité) mesure la concentration en électrolytes, c'est-à-dire en molécules ou ions de la solution par rapport aux substances organiques isolantes. Plus la résistivité d'une solution est faible, plus la concentration en électrolytes — ou conducteurs d'électricité — est grande. Autrement dit, la résistivité est l'inverse de la conductivité électrique : plus le rô augmente, plus il passe de courant, spécifiquement. On peut donc dire que la vie dépend finalement d'un certain nombre d'ions, convenablement mobiles et pourvus d'un potentiel chimique, non moins convenable, d'électrons.

Le bio-électronimètre, un appareil de haute précision, inventé et mis au point par le professeur Vincent, fournit instantanément les trois mesures du pH, du rH2, et du rô.

*Le bio-électronimètre Vincent*

Lors des premières mesures bio-électroniques effectuées en milieu hospitalier, on se contenta d'analyser le sang.

Mais, dès 1953, le professeur Vincent avait entrevu l'intérêt capital d'une mesure de l'urine. Puis, à la lumière des travaux du professeur Ambrosio de la Faculté de Médecine de Milan, la mesure d'un troisième élément primordial s'avéra indispensable : la salive, cela afin d'établir le diagnostic bio-électronique le plus complet, le plus précis, et le plus fiable possible.

Les trois mesures phronique (pH, rH2, et rô) du sang, de l'urine et de la salive (ainsi que plus généralement de toutes solutions) sont effectuées grâce au bio-électronimètre. Celui-ci comporte :

1. Une chambre de mesure : on peut y lire directe-

ment les valeurs mesurées sous forme de chiffres à trois composantes.
2. Une cellule de mesure à cinq électrodes, conçue de façon à permettre l'extraction de trois centimètres cubes de liquide sans contact avec l'air.
3. Un bain thermostatique à trente-sept degrés destiné à la mise à température de l'électrode.

Fonctionnant à l'aide de piles et de transistors, le bio-électronimètre de Vincent est un appareil portatif, parfaitement adapté à la pratique médicale journalière. L'une de ses vertus fondamentales réside dans le fait que pour la mesure du sang veineux, par exemple, celui-ci passe directement dans la cellule de mesure, sans contact avec l'air et l'atmosphère, et à une température directe de trente-sept degrés. Ainsi sont réduites au maximum les manipulations biochimiques habituelles des échantillons prélevés en laboratoire qui constituent autant de facteurs d'erreur.

Une telle réalisation garantit, évidemment, une mesure bien plus précise que celles obtenues par les méthodes classiques, celles-ci s'effectuent — on le sait — sur du sang refroidi, centrifugé et mis en contact avec l'air, quand ce n'est pas traité par de multiples chimies.

Il existe, en outre, un appareil de fabrication allemande, l'ordinateur biologique Vincent, au champ d'action plus large que le bio-électronimètre puiqu'il est construit pour permettre, outre les applications de ce dernier, toutes recherches biologiques et autres.

Il englobe un « modèle cybernétique », et comporte un calculateur automatique qui interprète mathématiquement les neuf valeurs généralement mesurées en médecine (pH, rH2, rô du sang, de l'urine et de la salive). Le calcul donne alors le pH total, le rH2 total, le facteur de vitalité, le potentiel actif, le facteur global du sujet. Ce facteur global, synthèse des différentes valeurs énergétiques des tissus ou milieux analysés, permet de déterminer l'âge bio-électronique ou l'âge biologique réel du sujet, plus ou moins élevé que son âge apparent ; il témoigne ainsi, soit d'un vieillissement prématuré, soit d'une jeunesse prolongée. Il fournit une vue d'ensemble de l'état de santé, du « terrain ». On peut alors corriger les déviations et les perturbations éventuelles, retarder un vieillissement qui démarre trop vite par des thérapeutiques simples, naturelles, et qui découlent de données d'analyses et de recompositions faites par le bio-électronimètre.

En France, comme en Allemagne, cet appareil est désormais utilisé de façon courante, entre autres pour détecter les maladies dont un patient risque de souffrir ultérieurement, autrement dit, cet appareil prédit l'avenir pathologique, l'avenir des maladies, c'est-à-dire les affections dont le patient peut souffrir dans un avenir immédiat, mais aussi dans un avenir lointain, puisqu'il détermine la vulnérabilité du terrain, sa fragilité, et les points faibles de l'organisme, en indiquant, par exemple, que le sujet sera atteint d'impuissance sexuelle assez rapidement, dans les deux ou trois années à venir, puis ultérieurement que les manifestations de son artériosclérose latente se traduiront par une hypertension (l'impuissance étant d'ailleurs le signe prémonitoire dans ce cas précis), hypertension grave avec menace — dans le cas de cette même athéromatose — d'infarctus du myocarde ; et aussi que la polarisation du sujet est tellement dégénérative qu'il est vraisemblablement en état pré-cancéreux et susceptible d'être atteint d'un cancer du jour au lendemain s'il n'y a pas de modification immédiate et radicale dans sa façon de vivre, de manger, de se reposer, d'équilibrer son nycthémère (c'est-à-dire son alternance sommeil-veille), ses loisirs, et son travail, et surtout sa façon de boire (la qualité des eaux est primordiale pour la santé, et peu sont bonnes !).

Des diagrammes ont été établis par le professeur Vincent à l'aide d'ordinateurs sur lesquels se juxtaposent les mesures du sujet fournies par l'examen extemporané et rendu par l'appareil informatique. Ces mesures, combinées entre elles sur un tracé ou un diagramme, permettent alors de choisir le traitement préventif ou curatif le plus adapté à chaque cas précis, et toujours, naturellement et obligatoirement, dans le cadre des thérapeutiques naturelles comme l'aromathérapie, la biothérapie, la phytothérapie, l'emploi des cellules fraîches, la négativation électrique, l'homéopathie, mais surtout — et là au moins les « scientifiques » actuels reconnaîtront qu'ils reprennent les découvertes des «guérisseurs» — la diététique, l'utilisation du magnésium, une alimentation saine, équilibrée et naturelle, autant de notions que la médecine officielle avait dédaignées jusqu'à ces dernières années.

*Mort réelle, mort apparente et bio-électronique*

Après trente années de travaux pratiques, basés sur des mesures effectuées sur plusieurs milliers de personnes, on peut dire que la bio-électronique fournit aujourd'hui à la médecine des ouvertures inespérées.

Son apport peut être qualifié, à juste titre, de révolutionnaire, mais personne n'étant prophète en son pays, c'est surtout en Allemagne fédérale que la méthode du professeur Vincent connaît, sur le plan médical, des applications constantes. Elle serait appelée d'ailleurs, selon les prévisions, à constituer une méthode officielle pour confirmer ou infirmer les diagnostics de mort, autrement dit tout donne à penser que le test bio-électronique sera bientôt obligatoire en République Fédérale Allemande, du moins dans tous les cas où les méthodes traditionnelles ne peuvent prouver la mort avec suffisamment de certitude.

Nous pourrions illustrer l'efficacité de la bio-électronique par les innombrables diagrammes établis dans le domaine des maladies réversibles ou irréversibles, mais nous nous bornerons ici à signaler les mesures relatives aux deux états extrêmes : celui de la parfaite santé et celui de la mort.

La bio-électronique démontre que, pour l'homme en parfait état de santé (statistiques reposant sur l'étude de sportifs âgés de vingt et un ans environ), le sang veineux possède un pH voisin de la neutralité entre 7 et 7,20; un rH2 légèrement réducteur, autour de 22; et un rô situé entre 210 et 250 ohms. Chez les mêmes sujets, l'urine est acide : le pH est de 6,8, le RH2 de 24, le rô de 30 avec élimination importante d'électrolytes, et renouvellement constant de la minéralisation, compte tenu d'une activité métabolique intense.

Toujours chez l'homme jeune et en bonne santé, la salive est acide (pH 6,5), et plus chargée en électrolytes que le sang, le rô étant plus faible : 140 environ.

Ces valeurs varient, évidemment, suivant l'âge et l'état de santé.

La bio-électronique combine désormais, presque toujours, les différents facteurs pH, rH2, rô afin de connaître l'état bio-électronique du sujet, c'est-à-dire son âge physiologique réel par opposition à son âge apparent. Ainsi, un sujet de cinquante ans peut être prématurément vieilli, et son âge bio-électronique sera de soixante-dix ou quatre-vingts ans, annonçant sa fin prochaine ; alors qu'un sujet de cinquante ans peut avoir un état biologique exceptionnellement jeune (environ vingt-cinq ans), état qui sera d'ailleurs attesté par la vigueur de ses facultés mentale, physique et sexuelle.

Il est extrêmement facile, grâce à la bio-électronique, de connaître son âge réel, ce qui est déjà particulièrement intéressant. Cet âge physiologique réel est souvent le point de départ d'une reprise en charge par chaque individu de sa propre santé, lorsqu'il s'aperçoit notamment qu'il est plus vieux qu'il n'y paraît.

### *La définition bio-électronique de la mort*

Quant à la mort réelle, la bio-électronique a pu établir, en se basant sur la mesure du sang, qu'avec un pH supérieur à 9, un rH2 inférieur à 15, un rô inférieur à 80 ohms, la vie était impossible puisque :

1. Le pH est trop alcalin.
2. Le rH2 est trop réducteur, et le sang est devenu incoagulable.
3. Le rô est trop faible.

C'est le retour à la minéralisation par décomposition des composés organiques.

Toujours en s'exprimant par facteurs globaux, et avec les résultats obtenus grâce aux mesures effectuées sur le sang, l'urine et la salive et combinés entre eux, la bio-électronique peut démontrer qu'il ne s'agit que de mort apparente lorsque :

1. Le pH est inférieur à 7,5.
2. Le rH2 est supérieur à 18.
3. Le rô est supérieur à 120 ohms.

Ces valeurs résultent de mesures relevées lors d'infarctus du myocarde, de thromboses majeures, de noyades, d'asphyxies, d'électrocutions, d'empoisonnements. Dans tous ces cas, et dans bien d'autres, la bio-électronique préconisait la réanimation des corps — qui fut effectivement réalisée — témoignant ainsi que le diagnostic de mort apparente était bien fondé, et que ces corps qui revinrent à la vie étaient uniquement polarisés.

### *La bio-électronique et la réanimation*

La bio-électronique ne s'est pas bornée à garantir la détection des signes de survie dans les cas où les moyens habituels ne parviennent pas à distinguer mort réelle et mort apparente avec suffisamment de certitude. Elle a mis au point une technique de réanimation qui lui est propre, et qui peut sauver un être humain avec d'autant plus d'efficacité que le bio-électronimètre, c'est-à-dire l'appareil même qui a servi à constater l'état de mort apparente, permet de signaler les améliorations progressives obtenues durant les diverses phases d'une réanimation convenablement entreprise.

La technique de réanimation bio-électronique est conçue surtout pour les cas où la mort apparente résulte de noyade, d'asphyxie, d'infarctus, de thrombose, d'intoxication, etc.

Elle est plus ou moins complexe en fonction des moyens de réanimation disponibles et qui sont, au grand complet, les suivants :

1. Des saignées de 300 cc à la jugulaire et de 300 cc à la fémorale, c'est-à-dire en des points diamétralement opposés de l'organisme ; soit hémodilution favorisant les échanges électroniques, donc circulation par électro-osmose.
2. Le réchauffement général par couverture chauffante, bouillotte aux pieds, sur le plexus et autour du cou, ainsi que dans la région du cœur.
3. Respiration artificielle par injection d'oxygène en hypodermique ; ozone dans la pièce ; mouvement continu des jambes et des bras.
4. Si nécessaire, injection toutes les heures de 5 cc d'une solution d'un mélange de digitaline au

2/1000, et de codéine, associée, par voie intraveineuse, à des injections de gaz carbonique (naturel, si possible, comme celui de Royat) qui permet l'acidification, la dépolarisation, et une relance des échanges d'électrons nécessaires à l'électro-osmose, c'est-à-dire à la remise en route du système circulatoire.

5. Des électrochocs, faiblement mais convenablement dosés, toutes les deux heures si cela est possible.

La durée de la réanimation ainsi envisagée varie et peut durer jusqu'à vingt-quatre heures, voire davantage, en fonction des indications du bio-électronimètre dont les mesures traduisent l'évolution de l'état du sujet avec une très grande précision. Insistons sur ce point : si le bio-électronimètre peut confirmer un état de mort réelle et des perturbations bio-électroniques irréversibles, il offre, en outre, l'énorme intérêt de pouvoir donner la lecture des variations des pH, rH2, et rô dans l'état si ambigu situé entre les limites extrêmes de la vie et de la mort et nous indiquer si le sujet revient de la mort vers la vie, ou au contraire fait l'inverse.

Selon le professeur Vincent, dans tous les cas de noyades et d'asphyxies, de même que chez certains empoisonnés, chez certains sujets victimes de thromboses et notamment de brutal infarctus par formation d'un caillot coronaire, il ne faudrait jamais parler de mort réelle, mais seulement de mort apparente, état qui correspond à une polarisation cathodique par hydrogène moléculaire ou, si l'on veut, à une insuffisance d'oxygène moléculaire. Cette polarisation aboutit ainsi, comme dans une pile, à la coupure des courants électriques des charges organiques ; et, pour rétablir cet échange nécessaire des courants — et par suite la vie —, il suffit de dépolariser les cathodes.

Une telle dépolarisation peut être obtenue, enseigne la bio-électronique, de la manière suivante dans les cas de thromboses, infarctus du myocarde, caillots cérébraux, embolie, etc.

1. Par injection d'oxygène dans le torrent circulatoire ; le courant circulatoire normal étant interrompu, il faut le provoquer en effectuant deux saignées massives en deux points opposés de l'organisme, et injecter l'oxygène dans une veine du cou ou d'un avant-bras.
2. Par dépolarisation d'un excès d'électrons en envoyant un courant galvanique positif au poignet d'un bras, et à la cheville d'une jambe de côté opposé.

Bien que relativement simple, cette intervention n'est cependant pas toujours réalisable immédiatement faute de matériel nécessaire, ou en l'absence de médecin averti de la technique à suivre.

Voilà pourquoi la bio-électronique propose également une méthode à la portée de tout médecin, et même d'un non-médein en cas d'urgence. Cette méthode consiste à effectuer sans délai une dépolarisation en utilisant le phénomène de l'électro-osmose. Autrement dit, en rétablissant la circulation par des saignées massives, puisque l'on sait depuis vingt-cinq ans environ que la circulation sanguine n'est pas due uniquement à un effet de pompe provoqué par la compression cardiaque, mais à des charges électriques, ou électro-osmoses, qui se produisent le long des capillaires.

Qu'il s'agisse de noyés, d'asphyxiés, de thrombosés, on devrait pratiquer sur tout organisme présentant une manifestation subite d'immobilité ou de mort apparente par polarisation deux incisions assez profondes, l'une derrière l'oreille droite, l'autre à la fémorale gauche, jusqu'à l'apparition du sang, en laissant couler celui-ci abondamment, un quart de litre par incision, un demi-litre au total et, tout en poursuivant des excercices respiratoires classiques qui seront d'ailleurs maintenus sans arrêt et même après écoulement du demi-litre de sang. La preuve de la dépolarisation, autrement dit du retour à la vie, résulte ici de la coloration du sang. Si l'intervention réussit, de noir au départ le sang devient légèrement ou complètement rouge, et parfois rose vif...

Dans de nombreux cas de noyades par exemple, il suffirait de ce procédé extrêment simple pour sauver une victime de mort apparente, étant entendu que des soins ultérieurs pourraient s'imposer afin de consolider le résultat obtenu.

Pour affirmer qu'il ne faut jamais renoncer aux tentatives de réanimation dans les cas où l'arrêt des fonctions vitales résulte de noyade, asphyxie, électrocution, la bio-électronique s'appuie entre autre sur les exemples suivants :

1. En avril 1964, en Ukraine, lors d'une agression en pleine campagne, un homme reçut un coup violent sur le crâne. Assommé, il resta abandonné dans la neige durant vingt-trois jours... Retrouvé et tenu pour mort, il fut transporté à l'hôpital aux fins d'autopsie, mais, dès le premier coup de bistouri, le « cadavre » manifesta un léger réflexe. Aussitôt, le chirurgien le confia au service de réanimation, et, après quelques jours de soins, le sujet revint à la vie sans séquelles (Information diffusée en France sur la première chaîne de télévision, le 2 mai 1964).
2. En juin 1964, également, le sergent Heurtel, plongeur de combat de la base de Brest, fut pris d'une syncope de plongée. Sorti de l'eau après environ quinze minutes de recherche, il présentait tous les signes extérieurs de la mort, mais l'on procéda

néanmoins à une tentative de réanimation par recompression en caisson et bouche à bouche. Cinq heures d'efforts se soldèrent par une victoire. (Fait divers relaté par la presse française le 16 juin 1964).

3. Dans la nuit de Noël 1964, un certain M. Ritson Durham, en Grande-Bretagne, tomba en état d'ébriété dans un bassin de la ville et en sortit péniblement. Il s'effondra sur le trottoir et s'endormit. On le retrouva le lendemain, transformé en bloc de glace. Transporté à l'hôpital, dégelé avec précaution, il fut longuement réanimé, et trois jours plus tard se trouva hors de danger. (Relaté par *Le Parisien Libéré* le 29 décembre 1964).
4. En mai 1967, à Paris, un contremaître de l'EDF fut victime d'un choc produit par une violente décharge électrique. Les soins de réanimation prodigués pendant plus de six heures restèrent sans effet. Considéré comme mort, le sujet fut transporté à la morgue. Au moment de la mise en bière, il poussa un soupir. Ramené au service de réanimation, après trois heures de soins intenses, il se réveilla en présence de sa famille alertée. (Cas signalé le 8 mai 1967, par le docteur Rousseau de Paris).

Ce n'est donc pas sans raison que le professeur Vincent estime qu'au moins 10% des noyés et des électrocutés, de même que 25 % des victimes d'avalanches (en raison de la conservation accrue résultant du froid) sont des enterrés vivants, par méconnaissance officielle des conditions de mort réelle.

Le réveil se produit quelques heures ou quelques jours après l'apparition de signes qui laissent croire à la mort réelle. Parmi les moyens de contrôle actuels, seul le bio-électronimètre est à même de détecter, dans ces cas, les faibles signes de la survie.

Voici une autre statistique établie à partir des chiffres anciens certes, mais bien supérieurs à ceux des statistiques évoquées précédemment : en 1925, aux Etats-Unis, sur 2300000 décès, on en dénombra 520000 par cancers, 140000 par maladies mentales et 1250000 (plus de la moitié) par des maladies du système circulatoire, dont 600000 par crises cardiaques. Selon les conclusions de la recherche bio-électronique, dans 50 % des cas, c'est-à-dire pour environ 300000 victimes de crises cardiaques, il s'agissait non pas de mort réelle mais de mort apparente, donc d'un état réversible, qui pourrait aujourd'hui être attesté par des mesures bio-électroniques.

En extrapolant, à partir de ces différentes déductions, on peut donc penser qu'environ la moitié des personnes considérées, encore de nos jours, comme mortes à la suite d'une crise cardiaque, sont susceptibles d'être réanimées et sauvées, sans aucun trouble futur au plan cérébral, à condition que la réanimation soit effectuée en conformité avec les principes de bio-électronique. C'est-à-dire respiration oxycarbonée, avec une faible proportion d'hydrogène sous pression de 2 à 3 bars, et injection intra-artérielle de gaz carbonique jusqu'à restauration de la circulation électro-osmotique, et non selon les critères classiques de transfusion sanguine et d'oxygène respiratoire, qui, selon le professeur Vincent, peuvent précipiter la mort.

Il est à noter une fois encore que, paradoxalement, le professeur Vincent préconise aussi, dans les cas de mort apparente résultant de crise cardiaque, la méthode très ancienne de la saignée.

### *La bio-électronique pour réduire la mortalité*

Grâce à la bio-électronique, le taux annuel de mortalité pourrait sans doute être considérablement réduit. Une telle perspective ne constitue nullement une utopie, mais un projet facilement réalisable. En France et en Allemagne fédérale, le bio-électronimètre est déjà fabriqué depuis de nombreuses années et il suffirait d'augmenter les cadences de production pour que, dans un délai très court, la présence de cet appareil soit assurée dans tous les centres vitaux qui n'en sont pas encore équipés.

La priorité doit être donnée, évidemment, aux stations balnéaires en raison du risque de noyade, aux stations de haute montagne, en raison du risque d'avalanches et d'ensevelissement dans la neige, et aux centres industriels en raison du risque d'électrocution, aux grands services hospitaliers citadins en raison de la fréquence élevée, en ville, des infarctus, thromboses, intoxication, etc. L'entraînement d'un personnel médical qualifié à la manipulation du bioélectronimètre peut être réalisé en fort peu de temps.

Pour illustrer l'importance du problème, ne seraitce que sur le plan de la mortalité par noyade, il suffit d'évoquer une déclaration faite au début de 1976, par le ministre de l'Intérieur de l'époque: « Il y a en France, chaque année, davantage de morts par noyade que par accident de travail. »

Quant aux accidents de montagne, même si les avalanches ne produisent pas trop souvent de dégâts catastrophiques, le nombre des alpinistes blessés et des touristes égarés, victimes de la neige ou du froid et retrouvés dans un état laissant croire à leur mort, augmente de façon continuelle.

Les dispositifs de sécurité existant au sein des usines et des chantiers de toutes sortes n'empêchent pas, on le sait, les électrocutions. Ces accidents peuvent devenir fatals en raison, non de la charge électrique elle-même, mais d'une conclusion trop hâtive à la mort de l'électrocuté, autrement dit, d'absence de moyens adéquats pouvant détecter les signes de survie. Il en va de même pour les bricoleurs, les ménagères, les enfants qui de plus en plus, de par le monde, sont victimes de l'électricité et sont également victimes de diagnostics de morts erronés.

Le tableau est tout aussi alarmant dans le domaine de la mort par infarctus du myocarde, par artériosclérose, thrombose, et autres accidents circulatoires aigus. A l'heure actuelle, le nombre des victimes par crise cardiaque s'élèvent à 300 000 aux Etats-Unis, et, selon les conclusions de la bio-électronique, une grande partie d'entre elles pourraient être convenablement réanimées si l'on se fiait non aux critères classiques de la mort, mais aux données du bio-électronimètre. A la lumière de la même extrapolation, si l'on considère le pourcentage de personnes embaumées aux Etats-Unis, on peut supposer qu'en moyenne 200 victimes de crise cardiaque sont éventrées vivantes chaque jour aux Etats-Unis, sous le couteau des embaumeurs.

Un sort analogue menace, dans le monde entier, les « morts » qui seront disséqués en vue de prélèvements d'organes. Il serait certes absurde de prétendre que tous ces décédés se trouvent dans un état de mort apparente et réversible, mais tout aussi faux de supposer que tous se trouvent dans un état de mort réelle.

Si en France les dispositions légales récentes offrent à cet égard certaines garanties, dans beaucoup de pays, on se fie encore uniquement à l'électrocardiogramme et à l'électro-encéphalogramme, dont les données, on l'a vu, n'excluent nullement les erreurs. Le contrôle bio-électronique pourrait donc ici également, *aussi bien en France qu'ailleurs,* jouer un rôle primordial, ou à la rigueur complémentaire dans la distinction entre la mort réelle et la mort apparente...

Le bio-électronimètre pourrait également rendre un service de première importance dans les cas où la médecine doit combattre les séquelles d'une intoxication. Le coma correspond en effet à un état profond de polarisation des neurones cérébraux par un excès d'électrons. Réduire un coma ou le faire cesser consiste à supprimer la polarisation négative par une oxydation ou un excès d'électricité positive. Les comas sont d'autant plus profonds qu'ils ont été provoqués par des barbituriques réducteurs absorbés après des alcools, réducteurs eux aussi. La synergie de ces deux réducteurs — barbituriques et alcool — provoque des polarisations très profondes qui peuvent durer des jours, et dans certains cas exceptionnels des semaines et même des mois. La durée de ces comas permet, non pas de conclure qu'ils proviennent d'atteinte cérébrale, mais tout simplement qu'il s'agit d'une polarisation profonde du système nerveux de

« mouvement », autrement dit d'un réel blocage de toute commande du mouvement. Mais le sujet conserve une « conscience cérébrale », incapable de commander au système nerveux de mouvement, mais en mesure de maintenir encore le fonctionnement de certains organes. Ici encore, la bio-électronique peut intervenir sur deux plans : la détection des signes de la survie et la participation au succès des efforts de la réanimation en indiquant de façon permanente l'évolution obtenue.

Enfin, nul n'ignore que dans des conditions particulières, comme les guerres, les cataclysmes et les épidémies, l'identification des « morts » est souvent sommaire. Les impératifs — dictés par l'urgence de se débarrasser des cadavres, ainsi que par le débordement des services médicaux — font que les corps sont examinés sommairement, et le plus souvent par des personnes non qualifiées. Ce qui aboutit à l'enterrement ou à l'incinération de sujets en réalité encore vivants.

L'emploi du bio-électronimètre, appareil portatif, permettrait l'établissement du constat de décès ou de survie avec une plus grande certitude, et cela très rapidement.

En dehors des domaines spécifiques qui viennent d'être énumérés, la technique bio-électronique peut prêter main-forte à la médecine dans tous les cas où il y a lieu de craindre une confusion entre mort réelle et mort apparente.

Tout cela confirme l'intérêt exceptionnel de la bio-électronique dans la lutte contre les diagnostics de mort erronée. Il est par conséquent juste de lui attribuer une place officielle parmi les moyens actuellement utilisés pour détecter les signes de la survie. A cet effet, un groupe de médecins vient de créer une société d'assurance bio-électronique, dont le rôle sera de vérifier, à tout moment critique, la mort apparente ou réelle de ses adhérents. Grâce à un système de cartes ou de médailles analogues à celles déjà portées par certains malades chroniques, il sera possible à l'entourage d'un présumé défunt de connaître sa ferme volonté de ne vouloir être ni inhumé, ni encore amputé de certains de ses organes, avant qu'un diagnostic de mort ne soit effectué par l'un des médecins affiliés à l'Association.

Il s'agit d'un premier pas. Mais il ne faudrait pas en rester là : les hommes et les femmes d'aujourd'hui doivent en effet être assurés qu'on ne les enterrera plus vivants dans un nombre trop fréquent de cas, comme cela se produit si souvent aujourd'hui. Puisse ce petit livre y être pour quelque chose.

# BIBLIOGRAPHIE

AMIOT (D.), « Les états frontières entre la Vie et la Mort », *Échanges* n° 98, 1973.

ARIES (Ph.), *Contribution à l'étude du culte des morts à l'époque contemporaine. Réunion des Travaux de l'Académie des Sciences Morales et Politiques,* n° 4, 1966.

*Essais sur l'Histoire de la mort en Occident.* Editions du Seuil.

*L'homme devant la mort,* Éditions du Seuil.

BERNARD (J.), *Grandeur et tentation de la Médecine,* 1973.

BOUCHUT (E.), *Traité des signes de la mort,* Paris, 1883.

BRHANT (J.), *Thanatos,* Laffont, 1976.

BRUHIER d'ABLAINCOURT, *Dissertation sur l'incertitude des signes de la mort et de l'abus des enterrements et embaumements précipités,* Paris, 1745.

*Bulletin of the history of medecine*, 49, 1975.
CHAMPOOR (A.), *Le livre des Morts*, 1963.
CHAUCHARD (P.), *La mort*, 1972.
DELUMEAU (J.), *La peur en Occident*, XIVe-XVIII[e] siècles, Éditions Fayard.
DENIKER (P.) et HANUSM, « Le travail du deuil », Ps. M, T. 5, n° 3, 1973.
DESCHAMBRE, *Dictionnaire*.
DOMPIERREY, *La vie contre le temps*, 1963.
EGGENS (J.B.), « Une seconde vie grâce au froid ? » *La Vie Médicale*, t. 49, 1968.
FABRE-LUCE (A.), *La Mort a changé*, Gallimard, 1966.
FAUROT, *Histoire des inhumations chez les peuples anciens et modernes*, Paris, 1868.
GARMANN (C.F.), *De Miraculis Mortuorum libri tres, quibus proemissa est dissertatio de cadavere et miraculis in genere*, Leipsick-Dresde, 1709.
HAMBURGER (J.), *La puissance et la fragilité*, Flammarion, 1972.
ISRAEL (L.), *Le médecin face au malade*, Dessart, 1968.
KUBLER-ROSS (E.), « Confrontation with dying », Traduction dans *Laënnec*, t. 23, n° 2, 1974.
LARCHER (H.), « Mnémothèques pour l'an 2000 », *BST* t. 5, n° 4, 1971.
LE BON (G.), « La mort apparente et les inhumations

prématurées», in *Moniteur scientifique* du Dr Quesneville, t. VIII, n° 223, 1886.
LOUIS, *Lettre sur la certitude des signes de la mort,* Paris, 1752.
MATHE (G.), *Le temps d'y penser,* Stock, 1974.
MAUROIS (A.), *Olympio ou la vie de Victor Hugo,* Hachette, 1954.
MENAHEM (R.), *La Mort apprivoisée,* 1973.
MOLLARET, «Le coma dépassé», *Revue neurologique,* 1959.
MORIN (E.), *L'Homme et la Mort,* Seuil, 1970.
ORAISON (M.), *La Mort et puis après?,* Fayard, 1967.
PERON (P.), Thèse de doctorat en médecine 1978: *Apport de la bio-électronique à la définition médicale de la mort.*
PINEAU, *Mémoire sur le danger des inhumations précipitées,* Niort, 1776.
PLAZ (Ant. Guill.), *Programma de signis mortis attente explorandis,* Leipsick, 1766.
PLINE, *Histoire Naturelle,* livre VII chap. 51 et 52.
QUEVAUVILLIER (A.), «L'hygiéniste devant la mort» *BST* t. 3, n° 1, 1969.
ROGER (J.), «Actualité et prospective thanatologique», *BST* t. 4, n° 1, 1970.
SAUVAL (H.), *Antiquité.*
SUE, *Anthopotomie,* Paris, 1765.

THOMAS (L.V.), *Anthropologie de la Mort*, Payot, 1975.
VERSPIEREN (P.), *Constater la mort, Laënnec*, 1975.
VICQ D'AZYR, *Essai sur les lieux et les dangers des sépultures*, Paris, 1778.
VINCENT, *Rapport du Congrès bio-électrique*, 1976.
WENTZ (E.), *Le Bardo Thodol*, Maisonneuve, Paris, 1977.
WINSLOW (J.-B.), *Ad mortis incertae signa minus incerta a chirurgicis quam ab aliis experimentis*, Paris, 1740.
WOLFF, *Les chemins de la Vie*, Hermann, 1963.

# ADDITIFS

## Les cimetières

1950 : *à la suite d'un contrat avec l'armée américaine, Louis-Claude Vincent est appelé à rechercher personnellement des points d'eaux nécessaires, pour assurer l'arrosage des cimetières de guerre américains répartis en Europe ; 10 cimetières au total situés en Hollande, en Belgique, au Luxembourg, en France et représentant 150000 tombes. Le plus grand de ces cimetières étant celui de Saint-Laurent-sur-Mer (débarquement de Normandie) comportant environ 30000 tombes à lui seul. Dans ces cimetières, étaient effectués des contrôles réglementaires statistiques en vue de relever méthodiquement dans chaque cercueil des traces permettant de conclure à ce que le soldat avait été enterré vivant, ceci d'après des signes bien codifiés statistiquement et sur un mode déjà informatique, défini également par des règlements. De plus, des fonctionnaires de l'armée, délégués à ces contrôles de la mort, avaient pour formelle consigne, de demeurer totalement muets sur les résultats de leurs investigations, afin de ne point effrayer les familles des victimes mais aussi l'opinion de la nation, déjà fortement émue par la guerre. Les signes les plus évidents, traduisant l'inhumation à l'état de mort apparente étaient bien sûr, le retournement du corps dans le cercueil, les poings et les avant-bras rongés, etc...*

*C'est au cours de ces nombreuses visites effectuées dans les cimetières américains, que Louis-Claude Vincent devait apprendre, par bribes d'abord, puis enfin totalement, la nature du travail ultra-secret de contrôle, effectué dans chacun de ces cimetières. A l'intérieur d'importants baraquements en planches, toujours les mêmes dans chacun des cimetières, opéraient des spécialistes, et où l'on faisait entrer les simples boîtes de bois blanc, cercueils du champ de bataille, mais d'où ressortaient de somptueux cercueils en acajou capitonnés de soie à l'intérieur. Lesquels allaient ensuite recevoir le squelette, dont les os avaient été minutieusement raclés et dépouillés de tous résidus charnels, aussi minimes soient-ils y compris ceux des articulations. Ces os avaient été ensuite peints en vert avec minutie, à la façon des ossements des* indiens Sioux *ou de* ceux des morts de l'île de Chypre et de Crète *qui sont sortis de la bière d'inhumation un an après l'enterrement pour être nettoyés d'abord puis peints en vert par les divers membres de la famille du défunt. Il ne s'agit d'ailleurs là que d'un reliquat d'une très ancienne coutume du continent de Mû, coutume persistant encore dans le Pacifique.*

*Ensuite, toutes les articulations entre les os étaient reconstituées à l'aide de solides ligatures en bronze argenté, chaque squelette devenant ainsi une magnifique pièce d'anatomie.*

*Précisons que le cercueil en acajou était mis à l'intérieur d'un deuxième cercueil épais en chêne, que ce dernier était enveloppé dans des feuilles de plomb et que l'ensemble massif ainsi constitué était déposé à l'intérieur d'un superbe cercueil en béton armé scellé hermétiquement; ce dernier cercueil était alors déposé sur des traverses soutenu par des piliers, également en béton armé e enfoncés* jusqu'au refus *sur un bon sol.*

*Par cette préparation minutieuse et très coûteuse, tous les morts devenaient ainsi semblables en leurs ossements et il était dès lors impossible de pouvoir distinguer les « enterrés vivants » de ceux qui ne l'avaient pas été. Sans doute complétait-on également les squelettes incomplets et mutilés.*

*Reste la question : à combien s'élevait le pourcentage du nombre d'enterrés vivants constaté d'après les signes indiscutables en ces* laboratoires de préparation de la mort?

*Réponse : pour l'ensemble des cimetières de guerre :* 4% des décès.

*Ce pourcentage se retrouve confirmé deux fois :*

*1) en 1920 : un transfert de 20000 cercueils de l'ancien cimetière de Fort-Randall (Arizona);*

*2) en 1972 : lors du transfert aux U.S.A. des cercueils des morts de la guerre du Viet-nam, (on signalait alors que ces « enterrés vivants » avaient été pour la plupart choqués par le souffle des bombes).*

## Les greffes d'organes

*Les personnes susceptibles de faire l'objet d'un prélèvement d'organe bénéficieraient de certaines garanties pouvant laisser espérer qu'elles ne seront pas les victimes d'un diagnostic de mort erronnée.*

*En effet lorsqu'on dispose du corps d'un individu considéré comme décédé pour sauver la vie d'un autre, appel est fait le plus souvent aux hospitaliers et ceci pour des raisons d'ordre pratique bien compréhensibles.*

*Il faut admettre que c'est tout de même en milieu hospitalier que l'on s'entoure de plus de garanties de mort réelle.*

*Selon les statistiques, 78 % des agonisants meurent en France dans les hôpitaux.* Et à moins de s'y être formellement opposé de son vivant, chacun d'entre eux devient ainsi un «donneur d'organes» potentiel et en vertu de la loi du 22 décembre 1976, peut être prélevé de ses organes.

*Dans la pratique, la majeure partie des hospitalisés en état de mort apparente reste exposée au risque de faire l'objet d'un diagnostic de mort subjectif, et dépendant en fait essentiellement de l'appréciation des médecins et de leur besoin en organe à transplanter; or ce diagnostic est incompatible avec les réalités médicales actuelles. Et à plus forte raison, les diagnostics de mort prononcés en dehors du milieu hospitalier, (22 % des cas), risquent d'être faussés non seulement en raison de l'impossibilité de procéder aux vérifications, (quoique pas toujours probantes), assurées par des appareils spéciaux mais aussi du fait que — sauf s'il s'agit de « mort suspecte », autrement dit de celle qui semble d'origine criminelle — la législation actuelle se contente encore de l'avis d'un seul médecin.*

*En pratique, contrairement à ce que pensent les gens, ce n'est pas en donnant l'autorisation de se faire prélever des organes que l'on peut être disséqué, mais bien qu'on le sera peut-être automatiquement si l'on a négligé de le refuser par écrit — Papier ou testament signé* porté sur soi — *Carte imprimée signée — Médaille, etc. Dont le texte doit être approximativement celui-ci :*

« Moi — NOM

PRENOM

DATE ET LIEU DE NAISSANCE

refuse tout prélèvement d'organe (sauf au bénéfice de... Parents — Amis — Type de personne choisie pour son sexe, son âge, son physique, son moral, sa religion, son intelligence, etc.)

SIGNATURE

*Bref, si on le désire, véritable leg et héritage à destination de personnes sélectionnées ou choisies.*

Avalanches

*Ainsi lors de l'avalanche de Val-d'Isère, le 10 février 1970, le professeur Vincent exprima son indignation : « Quarante jeunes gens sont victimes d'une brutale avalanche; certains sont découverts de suite et réanimés, d'autres ne sont retrouvés que dans un délai de 3 à 5 heures; mais après quelques courts essais de réanimation, ils sont considérés comme morts, alors que depuis des millénaires les Thibétains savent réanimer les victimes d'avalanches ensevelis depuis 48 heures et même plus.*

*Ce jour même, nous alertons le Ministre de l'Intérieur et faisons sur le champ porter à son Cabinet un dossier exposant rapidement la nécessité d'une longue réanimation contrôlable par la bio-électronique. Combien de ces jeunes de 20 à 30 ans, en pleine forme et en pleine santé, considérés comme morts se sont-ils réveillés dans leur cercueil?*

*« Voici une expérience cruciale, sans doute douloureuse pour les familles, mais d'un intérêt supétieur pour l'humanité, et les futures victimes de la neige et de l'eau.*

*Il faut absolument faire inventorier maintenant l'état des cercueils des victimes du Val-d'Isère, afin de vérifier s'il y a eu mouvement ou non après la mort ».*

*Si le Professeur exigea en vain la vérification des mouvements « éventuels » dans les cercueils, c'est qu'on avait eu connaissance des découvertes tragiques survenues dans les cimetières militaires Américains. (Allusion a été faite à la guerre du Vietnam).*

# *Les enterrés vivants*

Les enterrés vivants célèbres : Napoléon et les autres...

*A l'occasion du premier procès devant la Cour d'Assises à POITIERS de Marie BESNARD de LOUDUN, accusée de multiples empoisonnements dans sa famille, le Professeur VINCENT alors sollicité en 1954 par la défense, Maître GAUTRAT, devait constater et conclure après enquête sur place, au cimetière de LOUDUN et selon les déclarations du surveillant :*

1. *Que le corps du mari de l'accusée trouvé* en parfait état de conservation *après plus de deux ans correspondait à un* « état d'empoisonnement arsenical incontestable » ;

2. Qu'il en était de même *pour de très nombreux morts exhumés du cimetière de LOUDUN et n'ayant rien à voir avec Marie BESNARD, qui tous se révélaient* empoisonnés *par l'arsenic.*

3. *Qu'après de multiples recherches, ces empoisonnés collectifs se révélaient tous être les victimes «* d'eau arsenicale *» : celle du sol de LOUDUN. Ce sol fut exploité sous LOUIS XIII pour ses mines notamment d'argent dont les minerais étaient riches en plomb et en arsenic. Ainsi s'expliquaient les «* fameuses religieuses hystériques *», (voir film de Ken Russel : Les Diables), les possédées de LOUDUN, dont le malheureux abbé Urbain GRANDIER fut tenu pour responsable et brûlé vif sous le règne de RICHELIEU.*

*Ainsi toutes les eaux à micro-doses de plomb (saturniennes) et arsenic (arsenicales), conduisent à l'empoisonnement lent et à la conservation parfaite du cadavre après,* sans aucun doute, *une longue* mort apparente *et une longue situation «* d'enterré vivant *».*

*Tel fut le sort de nombreux habitants de LOUDUN et le reste encore aujourd'hui ; victimes de l'eau saturnienne et arsenicale de leur sol.*
*C'est là que l'on trouvera aussi l'explication de l'affaire LAFARGE et de la condamnation injuste de « l'empoisonneuse MARIE CAPELLE » qui clama son innocence jusqu'à son dernier souffle.*
*LAFARGE fut vraisemblablement victime d'un empoisonnement par le plomb, l'arsenic et l'antimoine abondants dans les minerais de fer du Massif du Glandier, (commune de BEYSSAC en Corrèze), qu'il exploitait comme Maître de Forges.*

*Mais la plus illustre victime de ce genre fut, sans nul doute, l'Empereur NAPOLEON, dont la dépouille se révèla «* intacte *» lord de l'ouverture de son cercueil à Sainte-Hélène, dix-neuf années après sa mort.*
*L'empoisonnement par l'arsenic, le plomb et le mercure ne fait ici aucun doute et vraisemblablement l'Empereur eut droit à l'horreur de conserver intacte sa conscience de l'intellect ou conscience du cervelet, sans pouvoir faire le moindre mouvement (surpolarisation cathodique des commandes nerveuses) et à devenir ainsi un* « enterré vivant » prolongé...